JN072364

小動物系令嬢は
氷の王子に溺愛される 2

翡翠

B's-LOG BUNKO

ビーズログ文庫

イラスト／亜尾あぐ

目次 contents

ウィリアム・ザヴァンニ
ザヴァンニ王国の第一王子。近衛騎士団の副団長を務めている。『氷の王子様』と呼ばれているが、リリアーナには激甘で……？
リリアーナ・ヴィリアーズ
花よりスイーツが好きな伯爵令嬢。背が低く童顔であることを気にしている。王太子妃の座には一切興味ナシ！
人物紹介 character

ダニエル
ウィリアムの幼なじみ兼補佐役。リリアーナからつけられたあだ名は『ダニマッチョ』。
ケヴィン
近衛騎士団一の問題児。別名、エロテロリスト。
モリー
リリアーナ付きの侍女。
マリアンヌ・ベルーノ
ベルーノ王国の王女。今回の来訪には何か理由があるらしく……？

第1章 ウィリアムの願い

柔《やわ》らかな春の風が吹《ふ》く。

心華《はな》やぐ季節を迎《むか》え、ザヴァンニ王国の王太子であるウィリアム・ザヴァンニと、その婚約者《こんやくしゃ》であるリリアーナ・ヴィリアーズは仲睦《なかむつ》まじくティータイムを楽しんでいた。

本日のように天気の良い日には王宮の裏庭にあるお気に入りの四阿《あずまや》で、天気の悪い日にはリリアーナの応接室で、いつも二人はお茶をしている。

お茶の後は、ウィリアムは幼なじみ兼部下のダニエルに引きずられるように執務室《しつむしつ》へと戻《もど》り、リリアーナは王太子妃《ひ》教育に勤《いそ》しみ、互《たが》いに充実《じゅうじつ》した日々を送っている。

ウィリアムは王太子に決まってますます忙《いそが》しくなり、お茶の時間は取っていなかったが、少しでもリリアーナと会う時間を増やしたいがために、策を練った。

人員増を訴《うった》え、短い時間ではあるが、リリアーナとのティータイムを勝ち取ることに成功したのだ。

――それは半月程前のこと。

「ダニー、この忙しさはいつになったら収まるのだ？　このままではリリアーナとゆっくり茶も飲めぬではないか！」

怒《いか》り心頭のウィリアムだが、それもそのはず。

せっかくリリアーナと相思相愛になったのに、忙しすぎてここ数日は特に、まともに言葉を交《か》わす時間もないのだ。

ダニエルは呆《あき》れた目をウィリアムに向けると、大きな溜息《ためいき》を一つつきながら言った。

「あのな、忙しいのはお前の自業自得《じごうじとく》だろ？」

ウィリアムはザヴァンニ王国の王太子であり、近衛騎士団《このえきしだん》の副団長でもある。

剣《けん》の腕《うで》は団長であるダニエルの父親に次ぐ実力があり、「自分より弱い者に護《まも》られるなどあり得ない」と入団。実力で副団長となり部下の育成に力を入れてきた。

当初、立太子と同時に副団長の座を後任に譲《ゆず》り、ダニエルもウィリアムの補佐として一緒《いっしょ》に退団する予定だったのだが――。

『ウィリアム様の騎士服姿はとても素敵《すてき》ですわね』というリリアーナの一声で、退団を延期したのである。

副団長としての仕事に加え王太子としての仕事が増えたため、ダニエル以外にも補佐を増員することになったのだが、それでもまだまだ仕事量は多い。

それに付き合わされ振《ふ》り回《まわ》されるダニエルが口にした『自業自得』の言葉には納得《なっとく》だ。

言い返す言葉もなく、ウィリアムは恨《うら》みがましい目をダニエルへ向ける。

「そんな目で見たって仕事は減らないからな」

残業続きで忙しいのは、ダニエルも同じである。

趣味《しゅみ》の筋トレの時間が取れないことに若干《じゃっかん》のストレスを抱《かか》えつつも、何だかんだと大切な幼なじみであるウィリアムのために日夜頑張《がんば》っているのだ。

ウィリアムは執務机に向かってペンを片手に、眉間《みけん》に皺《しわ》を寄せながら書類にサインをし始めた。

「リリアーナが足りない……」

「はいはい。今一番足りてないのは、ウィルの仕事への意欲だけどな」

「これだけリリアーナが不足しているんだ。仕事への意欲など、湧《わ》くはずもない」

真面目な顔で言い切るウィリアムを、ダニエルは無表情で見下ろした。

『氷の王子様』と呼ばれるウィリアムだが、今や婚約者のリリアーナにだけは氷がデロデロに溶《と》けたように甘々の態度である。

初めは婚約者選びのパーティーでただ適当に選んだだけのはずだったが、ウィリアムは早々にリリアーナに興味を持った。

そして小動物扱《あつか》いをしていたかと思いきや、すぐに恋《こい》に落ちたウィリアムは、ダニエルが驚《おどろ》くほど人が変わった。

相変わらずリリアーナ以外の女性には冷たい対応のままだが、リリアーナに対しての過保護さや甘さはもちろん、政治的交流の場でも雰囲気《ふんいき》が柔らかくなった。

そのように良くなった面がある一方、リリアーナを溺愛《できあい》しすぎてわがままを言うこともあるので困っている。

なぜならその被害《ひがい》に遭《あ》うのは九割以上ダニエルなのだから。

「あのな、相手がいるだけいいだろ？　俺は相手を探す時間もないんだが？」

騎士団長の嫡男《ちゃくなん》であるダニエル・マーティンは、見目麗《みめうるわ》しいウィリアムと共にいることが多いために目立たないが、そこそこ恵《めぐ》まれた容姿をしている。

亜麻色《あまいろ》の短髪《たんぱつ》と同じ色の瞳《ひとみ》はつり上がり気味のくっきり二重で、若干強面《こわもて》と言えなくもないが、鍛《きた》え上《あ》げましたと言わんばかりの筋骨隆々《きんこつりゅうりゅう》な体躯《たいく》は、あらゆるものから護ってもらえそうに見える。

面倒見《めんどうみ》も良いので部下からの信頼《しんらい》も厚く、それなりにモテそうではあるのだが……。

「週末の訓練場に群がる令嬢《れいじょう》達の中から探したらどうだ？」

「いや、それはちょっと……」

「何だ？　以前令嬢達の声援《せいえん》に応えてやればいいと言ったのは、ダニーだろう？」

ウィリアムはニヤリと意地悪そうな笑《え》みを浮《う》かべた。

「お前なぁ、自分が両思いになったからってその言い方、可愛《かわい》くねぇな」

「……私に可愛さを求めてどうする」

呆れたような目でダニエルにそう答えていると、

「なあ、この書類……」

ノックもなく部屋へと入ってきたのは近衛騎士団一の問題児、別名『エロテロリスト』と呼ばれているケヴィン・ヴォードである。

濡《ぬ》れ羽色《ばいろ》の髪《かみ》に切れ長の黒曜石のような瞳には『男の色気』が満ち、数多《あまた》の令嬢を虜《とりこ》にしてきた。

そんなケヴィンには、先程《さきほど》のウィリアムの台詞《せりふ》がしっかりと聞こえていたようだ。

「可愛さ？　え、何？　とうとうそっちの道に目覚めたとか？」

ケヴィンは引《ひ》き攣《つ》ったような笑みを浮かべた。

「いや、まあ、なんだ？　俺はべつにダニエル《あんた》がそっちの道に目覚めることを否定するつもりはねえけど、さ。殿下《でんか》はやっとヘタレを卒業して両思いになったばっかりだろ？　婚約者が知ったら、密室に二人きりの状態を面白《おもしろ》く思わないだろうから、黙《だま》っとけよ？」

ケヴィンの言葉にダニエルは大慌《おおあわ》てである。

「ちょっと待て！　何やら非常によろしくない誤解を受けている気がするぞ!?」

「まあまあ、誰《だれ》にも言わないから安心しろよ。フォローはするからさ」

「だから、誤解だっ！　俺は女が好きなんだ！」

　ダニエルが叫《さけ》ぶのと同時にウィリアムとケヴィンが盛大《せいだい》に噴《ふ》き出した。

『氷の王子様』と呼ばれるウィリアムは、リリアーナと出会ってから仲間の前でもよく笑うようになっていた。

「おいコラ、そこの『ヘタレ』と『エロ』。人のことをからかって遊んでんじゃねえぞ」

　ダニエルは眉間に皺を寄せて両腕を胸の前で組み、いかにも不機嫌《ふきげん》ですアピールをしている。

　ケヴィンはそんなダニエルを楽しそうに見やりながら、机に書類をバサリと置いた。

「団長から、こっちで処理しとけだとさ」

　ダニエルは更《さら》に眉間に皺を寄せると、盛大に舌打ちをした。

「チッ。あんのクソ親父《おやじ》……」

　そんなダニエルの呟《つぶや》きを無視するように、ケヴィンは話を元に戻す。

「で？　なんで違《ちが》う扉《とびら》を開く話になったんだっけ？」

「開いてねえよ！　しかも道から扉に変わってんじゃねえか！　ったく。……ウィルが『リリアーナが足りない』とか言い出したのが始まりだな」

「ふうん。最後に会ったのは？」

　ケヴィンは自分から聞いておきながら、大して関心がなさそうにダニエルからウィリアムへ視線を移す。

「……直接会ったのは、五日前に朝食を一緒に食べた時が最後だ。三日前は王太子妃教育のために移動している後ろ姿を見たが、会話はしていないからな」

「なんだ、足りないとか言うからてっきり半月とか一月会えてないのかと思った。それくらい普通《ふつう》じゃねえの？」

「私は毎日でもリリアーナに会いたいのだ！　今のままではリリアーナが足りなくて、仕事も手につかない」

「いやいやいや。リリアーナ嬢《じょう》に会うために、もっと頑張って書類の山を減らせよ」

「これ以上ないほどに頑張っているだろう？　……そうだ。仕事が減らないのならば、また人手を増やせばいい！」

「いや、そう簡単に言われてもだな……」

「それに、丁度いいところに人手があるじゃないか！」

ウィリアムの視線はケヴィンに向けられている。

「は？　いやいやいやいや、ムリムリムリムリ……」

必死に両手と首を振って辞退しようとするが、ウィリアムも愛《いと》しいリリアーナとの時間を作るために必死なのだ。

結局押し切られる形で、ウィリアムの補佐の一人にケヴィンが加わることになったのだった。

「なんで俺が……」

ケヴィンの小さな呟きは、誰の耳に届くこともなかった。

思えば婚約してから二人の想《おも》いが通じるまでに、一年近い時間を要した。

ウィリアムのリリアーナへの想いは、周りから見てもそれはそれは分かりやすすぎるものではあったのだが。

リリアーナは恋愛《れんあい》小説が大好きで『恋のバイブル』などと呼んではいたものの、全く自身の恋愛には活《い》かされておらず、時間だけが過ぎていってしまったのだ。

きちんと言葉にしなければ伝わらないということを、身をもって経験したウィリアムは想いが通じてからは一転。

リリアーナが照れて頬《ほお》を朱《あか》く染めて「もう分かりましたから！」と必死で止めるほどに、人目を気にすることなくあらゆる場所で、甘い言葉を口にするようになっていた。

それはもう、口から砂糖を吐《は》きそうなほどに。

そんなウィリアムの望みは『愛称《あいしょう》呼び』だった。

ウィリアムは家族や友人からは『ウィル』の愛称で呼ばれており、リリアーナは『リリ』と呼ばれている。

しかし、互いの呼び方は『ウィリアム様』『リリアーナ』のままであった。

それが変わったのは先月のウィリアムの誕生日でのこと。

ウィリアムはその日ばかりは休暇《きゅうか》を取り、リリアーナと二人だけでランチを楽しんだ。

その後裏庭の四阿へと移動し、そこでリリアーナはウィリアムに可愛くラッピングした手作りのクッキーと、王家の家紋《かもん》を刺繍《ししゅう》したハンカチをプレゼントした。

「これはリリアーナが私のために作ってくれたのかい？」

ウィリアムは驚いたような顔をしている。

というのも、貴族の令嬢が自らお菓子《かし》を作ることなどほとんどないからである。

「本当はケーキを焼いてプレゼントしたかったのですが、その、何度焼いてもうまく焼けなくてクッキーになってしまいましたの……」

リリアーナは恥《は》ずかしそうに俯《うつむ》く。

何日も前からケーキを焼くために練習したものの、なぜか黒焦《くろこ》げの物体が量産されるだけだったために、急遽《きゅうきょ》難易度を下げたクッキーへと変更《へんこう》したのだ。

そしてそのクッキーも、初めは黒い物体から始まり、何とか見られるものに仕上げることが出来たのだが……。

味はモリーのお墨付《すみつ》きをもらったが、問題は固さにあった。

何度やってもサクッとしたものではなくバリッッといった固いクッキーが焼き上がるのである。

ウィリアムはクッキーを一枚取り出すと、口の中にポイッと放り込んだ。

まもなく、ウィリアムの口の中から『ゴリッゴリッ』という音が聞こえてくる。

リリアーナの眉《まゆ》はハの字に下がり、半分泣きそうな顔になっている。

「ご、ごめんなさい。こちらはもう捨ててください……」

クッキーの入った袋《ふくろ》に伸《の》ばしたリリアーナの手を、ウィリアムが優《やさ》しく包む。

何度かゴリッゴリッという音を立てて、口の中にあったクッキーを飲み込んでから、

「確かに少し固いが美味《おい》しいよ。それに、リリアーナが私のために一生懸命《いっしょうけんめい》作ってくれたものを捨てるなんて、あり得ない。ありがとう。とても嬉《うれ》しいよ」

そう言って、リリアーナの手の甲《こう》へ口付けた。

リリアーナは顔を朱く染め、

「あ、あの、他に欲《ほ》しいものがあったら遠慮《えんりょ》なく言ってくださいませね？　クッキーとハンカチの他に、ウィリアム様が欲しいものをプレゼントしたいと思っておりましたの」

と、他に欲しいものがないか尋《たず》ねる。

リリアーナの誕生日には、ウィリアムからドレスやネックレスだけでなく、並ばなくては買えない大人気のお菓子など、たくさんのプレゼントを頂いたのだ。

それ相応のものを用意するつもりではあったが、やはり本人の望むものをプレゼントしたいと思い、聞いてみた。

ウィリアムは少し考えてから口を開いた。

「では……これからは私のことを『ウィル』と呼んでくれないか？」

「……ほえ？」

思わず淑女《しゅくじょ》らしくない声を上げてしまったのだが、ここにはウィリアムとリリアーナしかいないので、注意する者は誰もいない。

護衛と侍女《じじょ》のモリーは離《はな》れたところにいるので、聞こえていないだろう。

プレゼントがそれでいいのかと多少疑問に思いつつ、ウィリアムの願いに応えようと、リリアーナは居住まいを正す。

「コホン。では、ウィルさま、と」

気を取り直し言われた通りに呼んでみたものの、ウィリアムは納得がいかなかったのか再度口にする。

「ウィルと呼んでくれないか？」

「ええと……」

長いサラサラの金髪《きんぱつ》を後ろで結び、ダイヤモンドの千倍貴重だと言われるタンザナイトのような碧《あお》い瞳に浮かぶ、期待を込めた眼差《まなざ》しを受ける。

一九〇センチはあろうかと思われる長身にバランス良く鍛えられた体躯の、この見目麗しい婚約者に「無理」とは言えず。

けれども恥ずかしくて、朱くなっているだろう顔を隠《かく》すように俯いて、

「ウィ、ウィル」

聞こえるか聞こえないかというくらいの小声で囁《ささや》けば、ウィリアムは満面の笑みを浮かべた。

「リリアーナのことは……、そうだな。リリだと他の皆《みんな》と同じ呼び方になるか。……どうせならば、私だけの呼び方にしたいな。リリア、いや、リリーがいいか」

何やら楽しそうにリリアーナの愛称を考えているウィリアム。

どうやら『リリー』に決定したようだが、皆が呼ぶ『リリ』とあまり変わらないではないかと思ったのは、内緒《ないしょ》である。

あれから二人は公《おおやけ》の場以外ではお互いのことを愛称で呼ぶようになったのだが、リリアーナはいまだ『ウィル』呼びに慣れていない。

ガサリと音がしてそちらに視線を向ければ、ウィリアムを迎えに来たのであろうダニエルの姿があった。

「リリー、とても残念だが筋肉の塊《かたまり》が来てしまったよ。また明日のティータイムを楽し

みにしているね」

ウィリアムは悲しそうな顔で膝《ひざ》の上のリリアーナを下ろすと、額に唇《くちびる》を寄せた。

「誰が筋肉の塊だ！」

ダニエルがムッとした顔で文句を言っているが、ウィリアムは完全スルーを決め込んで、リリアーナの頰へ手を伸ばす。

「あの、ウィリアムさ……ウィル？　執務室へ向かわなくてよろしいんですの？」

恥ずかしげに頰を朱く染めて見上げるリリアーナの姿に、

「ああ、リリーが可愛すぎて離したくない！」

ギユウッと抱き締《だし》めて頰をスリスリしながら悶《もだ》えるウィリアム。

リリアーナは真っ赤な顔を隠すように、ウィリアムの胸に顔を埋《うず》めた。

そんな二人の後ろから「タイムリミットだ！」と若干怒りを含《ふく》んだダニエルが割り込んでくる。

襟首《えりくび》を摑《つか》まれ、ウィリアムはズルズルと引きずられるように、執務室の方へ連れていかれてしまった。

いつの間にかリリアーナのすぐ側に来ていた侍女のモリーがクスクスと笑っている。

「殿下達はお仕事に戻られたようですし、お嬢様も王太子妃教育に参りましょうか」

「そうね、急がないと先生をお待たせしてしまいますわね」

モリーは後片付けを他の使用人に任せると、外国語の先生であるセオドア前伯爵《はくしゃく》のおられる部屋へ、リリアーナを案内するために歩きだした。

庭園に面した通路を進めば、季節の花々のいい香りを風が運んでくる。

「いい香りね。何という花かしら？」

「この香りは木香薔薇《もっこうばら》だと思いますよ？　強すぎず、微《かす》かな香りがいいですね」

リリアーナは香水《こうすい》や花の強い香りが苦手である。

パーティーへ参加する時でさえ香水はつけず、代わりに匂い袋《サシェ》を懐《ふところ》に忍《しの》ばせたりしている。

それを知ったウィリアムからは、頻繁《ひんぱん》にリリアーナの好きそうなサシェがプレゼントされ、置き場に困るほどに現在進行形で増え続けている。

ちなみにリリアーナの実家の庭には、彼女を溺愛する兄弟の指示で、強い香りの花は一《いっ》切《さい》植えられていない。

リリアーナとモリーは少しの間だけ立ち止まって木香薔薇の香りを楽しみ、そろそろセオドア前伯爵の元へ向かおうとした。

その時ウィリアムの弟である第三王子ホセ殿下が、前方から向かってくるのが見えた。

『天使様』の呼び名で知られるホセ殿下は、ウィリアムや第二王子オースティン殿下とはまた違った、金髪碧眼《へきがん》のとても可愛らしい容姿の持ち主である。

人前ではちょっとやんちゃで甘え上手な末っ子王子のように振《ふ》る舞《ま》っているが、本性《ほんしょう》はとても面倒くさ……計算高い。

「ホセ殿下、ごきげんよう」

リリアーナとモリーの姿しか見えないことを確認《かくにん》すると、ホセは素の状態で話しだした。

「ああ、お前か。これから王太子妃教育か？」

「ええ、外国語のレッスンがありますの」

「ふうん？　どうやらウィル兄とうまくいったらしいな」

「なっ！　いきなり何をっ！」

頬を朱く染めて慌てふためくリリアーナを横目に、ホセはニヤリと悪い笑みを浮かべた。

「あんっなに婚約解消すると意気込んでいたのに、全て空回りだったな」

「そ、それは……」

言い淀《よど》むリリアーナ。

ホセの言うように、確かに最初はウィリアムとの婚約解消を目指していたのだ。

けれどもいつからか、気付けばリリアーナはウィリアムを想うようになり、すれ違いながらもようやく気持ちが通じ合い、そしてお互いにかけがえのない存在となっていた。

「それについては否定出来ませんわ」

リリアーナは困ったように眉尻《まゆじり》を下げて苦笑《くしょう》を浮かべる。

人前で猫《ねこ》を被《かぶ》っているホセにとって、軽口を叩《たた》ける数少ない相手の中でも、リリアーナは反応が面白いと感じるお気に入りの玩具《おもちゃ》のような存在である。

そんなリリアーナのいつもと違う反応に、ホセは驚きを隠せない。

同時に、ホセは何だかよく分からない罪悪感のようなものを覚えていた。

「お前がしおらしくしているのは、違和感《いわかん》が半端《はんぱ》ないんだが？……調子が狂《くる》うな」

「あら。どなたかと一緒で、人前ではきちんと違和感なく淑女に擬態《ぎたい》しておりますので、ご心配なく」

「フン。その程度の擬態で満足しているようじゃ、まだまだだな」

ムウッと頬を膨《ふく》らます自分のよく知るリリアーナの姿に、ホセはなぜかホッとして顔には自然な笑みが浮かんでいた。

「ところで今日の王太子妃教育は誰の担当？」

ホセの言葉にリリアーナの顔からサーッと血の気が引いていく。

「……セオドア前伯爵、ですわ」

セオドア前伯爵は、時間にとても厳しい人物である。

以前にも今日のように話をしていてお待たせしてしまったことがあったのだが、その後リリアーナは長い長いお説教をくらった。

「大変ですわっ！　ホセ殿下、失礼致《いた》しますわ！」

王宮内ではどこに人目があるかも分からないため、淑女にあるまじき小走りなど出来るわけもなく、慌ててはいるのだが優雅《ゆうが》に見えるように早歩きするリリアーナの後ろ姿にクツクツと笑いながら、ホセは自室へと戻った。


リリアーナとモリーは扉の前で心を落ち着かせるために、深呼吸を繰《く》り返《かえ》した。

コンコンとノックした扉の奥にいるのは、こめかみに青筋を浮かべたセオドア前伯爵で。

長い長いお説教を覚悟《かくご》したリリアーナは、心の中でホセ殿下に変なくしゃみが止まらなくなるお祈《いの》りをするのだった。


リリアーナが通っているのは由緒《ゆいしょ》正しき国立の学園であり、生徒のほとんどは貴族と裕《ゆう》福《ふく》な商人の子ども達である。

高等部になると選択《せんたく》授業というものがあり、以下の中から一つを選択しなければならない。

貴族科、騎士科、統治科、侍従《じじゅう》科、商業科の五つである。

貴族科は主にダンスやマナー、社交性を学ぶコースであり、貴族の令嬢のみ選択が可能である。リリアーナはもちろん貴族科を選択している。

貴族女性の一番の仕事は『跡継《あとつ》ぎを産むこと』であるが、他にも家を守りパーティーやお茶会を主催《しゅさい》するなど、人脈を増やすことが必要とされているのだ。

他の科は誰でも選択が可能だ。

騎士科は騎士を目指す者、統治科は次期当主の者や文官を目指す者、侍従科は執事《しつじ》や侍女を目指す者、商業科は商業に携《たずさ》わる予定の者が選択するのである。


長期休暇を翌々週に控《ひか》えた休日。

リリアーナは二カ月程前から親しくさせてもらっている、同じ貴族科の伯爵令嬢エリザベスと、子爵《ししゃく》令嬢クロエと、今人気のカフェ『シエル』で女子会中である。

エリザベス・クーパー伯爵令嬢（愛称エリー）は一言で言えば男勝《おとこまさ》りなスレンダー美女だ。そして言葉遣《ことばづか》いが少し残念な令嬢でもある。

一歳年上で幼なじみの婚約者、アレクサンダーとの仲は良好だが、甘い雰囲気は一切なし。

何と言っても二人共通の趣味が馬の遠乗りである。

「恋はするより見る方が楽しいわ」と言ってのけるだけあり、自分のことは置いておいて、他人の恋バナが大好物。

そんなエリザベスの幼なじみであるクロエ・ゴードン子爵令嬢（愛称クー）は、見た目で言うと儚《はかな》い雰囲気美人である。

特別美人というわけではないが、色白で線が細く話し声も小さいため、儚い雰囲気を醸《かも》し出しているのだ。

聞き上手で自分のことはあまり話さないため、案外彼女がどういう人物かは分かっていない。

彼女達と仲良くなったきっかけは、リリアーナの落としたハンカチをエリザベスが拾って渡《わた》してくれてからである。

その後同じ貴族科ということもあり何度か言葉を交わすうち、エリザベスの貴族らしくない飾《かざ》らないところに惹《ひ》かれ、優しく愚痴《ぐち》を聞いてくれるクロエの側は心地《ここち》よく、気が付けば三人で行動するようになっていたのである。

メニューを注文した後、エリザベスが思い出したようにクロエに尋ねる。

「そういえば、先日のパーティーで誰かいい人は見つかったの？」

クロエは困ったように眉尻を下げた。

「いいえ、全く……」

彼女にはまだ婚約者がおらず、絶賛婚活《こんかつ》中なのだ。

貴族間では華奢《きゃしゃ》で護りたくなるような女性の人気が高く、クロエはかなりモテそうなものなのだが。

この王国の貴族女性における結婚適齢期《けっこんてきれいき》は十四～十八歳で、どんなに遅《おそ》くても二十歳《はたち》までに結婚出来なければ、嫁《とつ》ぎ遅《おく》れの烙印《らくいん》を押されてしまう。

リリアーナ達は現在十七歳。あと一年以内に婚約者を見繕《みつくろ》わなければ、自ら働くことの出来ない令嬢の行き着く先は、親子程に年の離れた貴族の後妻や愛人などである。

当たり前だが、大切な友人にそんな未来を歩んでほしいはずがない。

何か手伝えることがあればと思い、そういえば彼女の好みの男性を聞いたことがなかったことに気付く。

「クーはどんな男性がお好みですの？」

「好みの男性、ですか？　……筋肉」

「「はい？」」

思わず令嬢らしくない声を出してしまったリリアーナとエリザベス。

聞き間違《まちが》いだったかと、とりあえず確認してみることにした。

「聞き間違えていたらごめんなさいね。今、筋肉と仰《おっしゃ》いまして？」

クロエは恥ずかしそうに片手を頬に当てた。

「ええ、筋肉ですわ。ナヨナヨした男は一昨日《おととい》来やがれです」

照れて頬を朱く染める姿はとても可愛らしいのだが、言っていることは可愛らしさとは真逆の台詞である。流石《さすが》はリリアーナのご学友と言ったところか。

筋肉を探すのであれば、パーティーではなく騎士科で探す方が手っ取り早いのでは？

そんなリリアーナとエリザベスの心の声に答えるようにクロエが小さな声で叫ぶ。

「騎士科なら、とっくにリサーチ済みですわ。あんな脆弱《ぜいじゃく》なものは筋肉じゃありませんん！」

騎士科の生徒達の名誉《めいよ》のために言えば、彼らもそれなりに鍛えているのだが、所謂《いわゆる》細マッチョというものであり、クロエの好みはゴリマッチョらしい。

その騎士科に婚約者のいるエリザベスは複雑そうな顔をしている。

「どこかに私だけの筋肉はいないのかしら……」

クロエはほう、と小さく溜息をついた。

「私だけの王子様じゃなくて私だけの筋肉って……」

エリザベスが残念なものを見るようにクロエを見ているその横で、リリアーナはある一人の『筋肉』を思い出していた。

「そういえば一人筋肉がおりましたわね……」

思わず呟いたその台詞に、クロエがリリアーナの肩《かた》をガシッと掴む。

「リリ様？　その筋肉様はどちらにおられますか？」

クロエは見たこともないような満面の笑みを浮かべた。

儚げな彼女が、実は捕食者側《ほしょくしゃ》だった事実を今初めて知ったリリアーナとエリザベスは驚きを隠せない。

「リリ様？　隠さずに教えてくださいませ、ね？　ね？」

言っている言葉は可愛くても、クロエの目の奥がギラリと光っているようで恐《おそ》ろしい。

「ウィルの幼なじみで部下のダニエルですわ！」

即《そく》ダニエルを売りました。後悔《こうかい》はありません！

「そのダニエル様とは、どんな方でしょう？」

クロエはかなり興味津々《きょうみしんしん》であるが、『どんな方』が『どんな筋肉』に聞こえるのは気のせいではないはず。

どんな方かと言われても、リリアーナには残念な顔をして笑っているダニエルの姿しか思い浮かばなかった。

「そうですわね、ダニエルの趣味は筋肉を鍛えることだと、ウィルが仰ってましたわ」

その言葉にクロエが歓喜《かんき》している。

「その筋肉様には、婚約者やお付き合いしている人はいるの？」

エリザベスまでダニエルを筋肉呼びし始めた。

「いないはずですわ」

「じゃあ、筋肉以外の見た目はどんな感じですの？」

「残念なイケメンですわね。亜麻色の髪と瞳に、背はウィル程ではありませんけれど、高めですわ」

「ちょっと、リリ？　残念なの？　イケメンなの？」

エリザベスの言葉に同意とばかりに、クロエが首を縦に振る。

「残念なイケメンと言ったら、残念なイケメンですわ」

「リリ様？　どこに行けば、その残念なイケメン筋肉様にお会い出来ますか？」

哀《あわ》れ、残念なイケメン筋肉呼ばわりされているダニエル。

どうやら完全にロックオンされたようだ。

ここはさっさとダニエルを生《い》け贄《にえ》にするのが正解だろう。

「週末の近衛騎士団訓練場なら会えるかもしれませんわ」

ウィリアムの補佐をしているダニエルも多忙《たぼう》なため、確実に会えるとは断言出来ないのだが……。

「週末、近衛騎士団訓練場ですね？　……今日は間に合いませんわね。早速《さっそく》来週にでも足を運んでみますわ！」

「え、ええ」

友人の意外な一面を知り、また近いうちにお茶会を開くことにして解散となったのだった。

「ねえ、モリー？」

「はい？　何でしょう？」

夕食後のウィリアムとの語らいの時間を終え、部屋に戻り夜着に着替《きが》えさせてもらいながら、リリアーナはモリーに語りかける。

「人は見かけによらないとは、本当のことですわね」

「いきなりどうされました？　それと、どなたのことを仰ってます？」

首を傾《かし》げるモリーに、リリアーナは今日の女子会での話を聞かせた。

「筋肉様……」

ダニエルの残念な呼ばれ方に噴き出しそうになるのを必死に堪《こら》えたために、モリーの顔がおかしなことになっているのだが、それに気付かないリリアーナは話を続ける。

「儚い雰囲気美人のクロエが、実は狩《か》る側だったと今日初めて知りましたわ。早速来週末から、ダニエル狩りが見られるかもしれませんわ」

更にダメ押しをくらって、とうとうモリーは我慢《がまん》出来ずに噴き出してしまった。

「お嬢様……結果が分かり次第《しだい》、教えてくださいね？」

何だかんだ言っても、若い女性はこの手の話は大好物なのである。

第2章　隣国の王女様

緑豊かなザヴァンニ王国は一年を通して気温の差があまりなく、とても過ごしやすい国である。

そして隣国《りんごく》であるベルーノ王国は細長く海岸に面した国で、水産加工品が有名な国であるが、近年、塩害の影響《えいきょう》で農業に大規模な被害《ひがい》が出たことでも知られていた。

そんなザヴァンニ王国とベルーノ王国との国境沿いを、仰々《ぎょうぎょう》しく通過していく馬車の列が見える。

「ザヴァンニ王国に入りましたよ」

真面目を絵に描《か》いたような、少し白髪《しらが》の交じった栗色《くりいろ》の髪《かみ》をキッチリとお団子に結《ゆ》い上げ丸眼鏡をかけた使用人であろうその女性は、目の前の明らかに高貴な身分であろう明るい金髪《きんぱつ》に紫水晶《アメジスト》のような瞳《ひとみ》の美しい女性へと話しかける。

「そう」

話しかけられた女性は短く返事をした後、窓の外の流れる景色をジッと睨《にら》むようにして見つめていた。

「明日からしばらくの間、隣国の王女が王宮に滞在《たいざい》する」

前触《まえぶ》れもなくいきなり思い出したように、ウィリアムはそう言った。

リリアーナは今、ウィリアムの膝《ひざ》の上に横向きに乗せられて、お菓子《かし》を食べさせられている最中である。

初めは恥《は》ずかしさのあまり何とか逃《に》げ出そうとしていたリリアーナも、ほぼ毎日のように繰《く》り返《かえ》されるこの行為《こうい》に、ようやく慣れてきたようだ。

というよりも、諦《あきら》めたと言った方が正しいのかもしれない。

口の中にあるお菓子を咀嚼《そしゃく》し、お気に入りのハーブティーで喉《のど》を潤《うるお》し、フウと一息つく。

そしてコテッと首を傾《かし》げて「王女様、ですか？」と聞いてくるリリアーナの姿に、ウィリアムは目尻《めじり》を下げて頭を撫《な》でた。

その姿はかつて『氷の王子様』と呼ばれていたことが嘘《うそ》のように甘い。

「ああ。例の輸出に関する契約《けいやく》にあたって、ご機嫌伺《きげんうかが》いといったところだろう。本来なら父《オースティン》に押しつ……任せたいところだが、国王から国賓《こくひん》として丁重《ていちょう》にもてなすように言われてしまってな。どうやら次期国王として、そろそろ他国との交流を私に任せるつもりでいたようなのだ。本来はもう少し先を予定していたらしいのだが……」

ハアと溜息《ためいき》をこぼすウィリアムの顔を覗《のぞ》き込むように見ると、ウィリアムはその視線に気付いて、宝物を扱《あつか》うようにふわりと丁寧《ていねい》にリリアーナを抱《だ》き締《し》めた。

「何かありましたの？」

「王女たっての希望で、パーティー以外、滞在中は私が彼女をエスコートしなければならなくなった」

抱き締められているために彼の顔を見ることは出来ないが、淡々《たんたん》とした声の感じからして、エスコートすることに気が進まないであろうことが窺《うかが》える。

「パーティー以外ということは、パーティーでは私のエスコートをして頂けますの？」

「もちろんだ！　私以外に誰《だれ》がリリーのエスコートをするというのだ？」

リリアーナの兄弟である兄イアンと弟エイデンならば、我先にエスコートするだろうが、今は置いておこう。

リリアーナはウィリアムの言葉にホッとしたものの、彼の腕《うで》に力が入り締め付けられたため、思わず「んにゃっ！」と令嬢《れいじょう》らしくない変な声が出てしまった。

「すまない！」

気付いたウィリアムは、慌《あわ》てて抱き締めていた腕を解《ほど》いた。

「パーティーでの王女のエスコートは、アントン公爵家《こうしゃくけ》長男のジェームズに決まった。だからその間だけは、全力でリリーのエスコートが出来る！　だがそれ以外は……。全く気は進まないのだが王女の滞在中、こうして一緒《いっしょ》にいる時間を作るのは難しくなるのだろうな……。寂《さび》しい思いをさせてしまって、すまない」

若干《じゃっかん》本音を出しつつ申し訳なさそうな顔をして言うが、どちらかと言えば寂しがっているのはウィリアムの方であろう。

学生であるリリアーナは数日前より長期休暇《きゅうか》に入っており、本当ならばこれから思う存分、二人の時間を堪能《たんのう》出来るはずだったのだから。

けれども当のリリアーナはウィリアムの話を聞き、少し寂しいと思いはしたものの。

（アントン公爵家のジェームズ様って、あのジェームズ様のことよね？　王女様には少しお気の毒な気がしますわね。いえ、そんなことより、もしかしてこれはチャンスではありませんの？）

忙《いそが》しいウィリアムに遠慮《えんりょ》（？）して我慢《がまん》していた色々なことが、その間であれば気付かれずに出来てしまうのでは？　と思い付いた。

一度思い付いてしまえば、脳内でアレやコレやの計画が次々と浮《う》かんでくる。

自然とリリアーナはとても楽しそうな表情になった。

それに気付いたウィリアムは、リリアーナとは反対に面白《おもしろ》くなさそうな顔をし、彼女の頬《ほお》を両手で包むようにすると、自分の方へと顔を向けさせた。

「リリー？　何やら楽しそうな顔をしているが、リリーは私がいなくても寂しくないのかい？」

目が全く笑っていない笑顔《えがお》でウィリアムが覗き込んでくる。

「ウィ、ウィルと一緒にいられないのは、とっても寂しいです‼」

リリアーナが慌ててそう言うと、ウィリアムは満足そうに微笑《ほほえ》んで彼女の額にキスを一つ落とした。

翌朝。いつもと同じように侍女《じじょ》のモリーに起こされ、顔を洗ってドレスに着替《きが》えて鏡台の前に腰《こし》を下ろす。

「そうそう、モリー？　ちょ〜っと相談がありますの」

とっても楽しそうな顔をしているリリアーナであるが、彼女の『相談』には少なからず苦い経験をしたことのあるモリーは若干警戒《けいかい》しつつ話を聞きながら、テキパキとリリアーナの髪を器用に編み込んでいく。

「知っていると思うけれど、しばらくの間ウィルは夕食の時間までベルーノ王国王女様のお相手と執務《しつむ》で忙しくなりますわ。午後のティータイムはなくなるでしょうから、王女様が滞在されている間に、今まで行けずにいたお芝居《しばい》を観に行きますわよ！」

リリアーナがそう言うと、モリーはびっくりしたように大きく目を見開き、そして先程《さきほど》のリリアーナのような、楽しそうな顔をして肯定《こうてい》した。

「行きます。行けます。行きましょう！」

「それでその手配のことなのだけれど」

「……そうですね。本日は王女様ご一行をお出迎《でむか》えし、明日は歓迎《かんげい》パーティーが開かれますが、週末は特に予定が入ってませんね」

リリアーナはウィリアムの婚約者《こんやくしゃ》としてお出迎えとパーティーへの出席をすることになっているが、その他は特に予定を組まれていない。

王女がウィリアムを指名していることに加え、リリアーナ達はまだ結婚《けっこん》しているわけではないので、正式な王太子妃《ひ》としての務めが発生しないのだ。

「ではモリー、週末のどちらかであなたと護衛騎士《きし》も含《ふく》めた、ボックス席の手配を頼《たの》みます。ああ、とっても楽しみだわ!!」

そう、昨日脳内で立てた色々な計画の一つ目は『お芝居』。

お芝居には見目の良い男性がたくさん出演しているからという理由で、ウィリアムはリリアーナが劇場へ行くことに、あまりいい顔をしない。

ならば一緒に行けばいいだろうと思うのだが、なかなか二人の時間が合わなかったのだ。行ってはいけないと言われているわけではないので気にせず行ってもよいのだが、そうすると後のご機嫌取りがとても面倒《めんどう》なのである（既《すで》に経験済み）。

モリーも久しぶりのお芝居に上機嫌だ。

リリアーナが王宮で暮らすようになるまで、二人はよくお芝居を観に行っていたのだ。王宮《こちら》に移ってからは、『リリアーナが行けないのに自分だけお芝居を楽しむなんて』と、モリーも控《ひか》えていた。何とも律儀《りちぎ》なことである。

そしてリリアーナ付きの護衛騎士の口止め対策だが。

こちらについてはいつ何があってもいいように、王宮で生活するようになってから色々と対策しているので、大丈夫《だいじょうぶ》である。

リリアーナは週末のことを考えてウキウキし始めた。

予定通り、お昼前に仰々しく何台もの馬車が列を連ねて、ベルーノ王国王女様ご一行は到着《とうちゃく》した。

「ザヴァンニ王国へようこそ。私はウィリアム・ザヴァンニ。この国の王太子だ」

「お出迎え感謝致《いた》します。ベルーノ王国第三王女マリアンヌ・ベルーノです。わたくしのことはマリアンヌとお呼びくださいませ」

そう言って、マリアンヌ王女はアメジストのような瞳を細めて美しい笑顔を見せると、ウィリアムのエスコートを受け謁見《えっけん》の間へと向かった。

高い天井《てんじょう》から吊《つ》り下《さ》げられたキラキラと眩《まぶ》しく反射するシャンデリアに、ピカピカに磨《みが》き上げられた床《ゆか》。

白を基調とし、所々に金を用いた見事なまでに華《はな》やかな空間の正面にある玉座と王妃《おうひ》の座には、既に国王夫妻が座られていた。

その後方に第二王子オースティンとその婚約者である侯爵《こうしゃく》令嬢、そして第三王子ホセとウィリアム王太子の婚約者である伯爵《はくしゃく》令嬢リリアーナが並んで立っている。

「ベルーノ王国第三王女マリアンヌ・ベルーノです。お目にかかれて光栄ですわ」

スラリとした細身の体のわりにとても豊かな胸をした、美しく妖艶《ようえん》なるマリアンヌ王女は、ドレスの裾《すそ》をふんわりと揺《ゆ》らして優雅《ゆうが》な礼をとった。

その後ウィリアムから一人一人紹介《しょうかい》を受けると、先程と同じように瞳を細めて美しい笑《え》みを見せていたのだが。

「私の婚約者のリリアーナ・ヴィリアーズだ」

リリアーナを紹介する番になると、王女は一瞬《いっしゅん》だけ値踏《ねぶ》みするような視線をリリアーナへと向けた。

しかし、次の瞬間《しゅんかん》には先程と同じような笑顔を見せていたため、リリアーナは気のせいだと記憶《きおく》の隅《すみ》に追いやった。

隣国とはいえ、ベルーノの王宮からザヴァンニの王宮までは馬車で七日程《ほど》の時間を要す

る。

今日はお疲《つか》れであろうと、顔合わせを済ませるとすぐにウィリアム主導の下、滞在中にと準備された部屋へ王女様ご一行は案内されていった。

姿が見えなくなり、ふぅと小さな溜息をついて部屋へ戻《もど》ろうとしたリリアーナは、国王と王妃に呼び止められる。

「今回はあちら側から、どうしてもウィルに案内を頼みたいと打診《だしん》されてしまってね。リリちゃんにとっては面白くないと思うのだけど、ウィルはあなたを溺愛《できあい》しているし、どうかあの子を信じて我慢してちょうだいね」

王妃様はリリアーナの両手を握《にぎ》り、前のめりに心配そうな顔をしている。

「大丈夫ですわ。少し寂しいですが、一時のことですもの。ウィリアム殿下《でんか》のことは信頼《しんらい》しておりますから」

ニッコリ微笑むと、国王と王妃は安心したように顔を見合わせて頷《うなず》き合った。

その後差《さ》し障《さわ》りのない会話を二言三言交《か》わしてから、リリアーナは部屋へと戻るのだった。

「とても綺麗《きれい》なお方でしたが、少しキツそうな感じでしたね」

これはモリーの感想である。

「そうね。でもあの『ボン・キュ・ボン』なスタイルは羨《うらや》ましいですわ」

リリアーナはそう言って、自分のいまだ慎《つつ》ましやかな胸を見て、溜息をつく。

少しだけ凹《へこ》み気味《ぎみ》のリリアーナに、モリーは慣れたように話題を変えた。

「そうそう、例のアレですが。予定通り、今週末のお昼過ぎにボックス席を押さえることが出来ました！　あわせてなるべく目立たないように、裕福《ゆうふく》な商人とその護衛風の衣装《いしょう》も手配致しました。ボックス席に護衛付きですので、ただの平民風の格好ではおかしいですからね」

モリーはクスクスと笑っており、とても楽しそうである。

「流石《さすが》モリー、仕事が早いわ！」

「フフ、ありがとうございます。ちょ～っとイケナイこととかイタズラを考える時って、なんでこんなに楽しいんでしょうね？」

「そうなの！　バレた時のことを考えたらとっても恐《おそ》ろしいのだけど……。それ以上に、ウィルのいない間に何が出来るかをアレコレ考えるのは、とてもワクワクして楽しかったわ！　お芝居以外にもやりたいことはたくさんありますのよ？」

リリアーナはウフフと可愛《かわい》らしく笑いながら、モリーを共犯者にするべく片目を閉じた。

「だから、モリーも協力、お願いね？」

モリーは昔からリリアーナのお願いには弱い。

いや、モリーだけではない。リリアーナの兄弟であるイアンやエイデンを筆頭に、何だかんだとリリアーナの周りは皆《みな》、彼女に甘い。

だがしかし。今回のお願いは協力とは謳《うた》っているが、要はウィリアムをうまく誤魔化《ごまか》せと言っているも同然なのだ。

リリアーナは社交界では聞き上手な淑女《しゅくじょ》として、そつなくこなしていた。ところがそれは、あくまでも擬態《ぎたい》した姿。

本来の彼女は馬鹿正直で隠し事《かくごと》が下手なのに、本人にはまるでその自覚がないのだ。嘘があのウィリアムには通用しないことなど、考えずとも分かること。

ウィリアムはティータイム以外にも、夕食後にサロンでゆっくり寛《くつろ》ぎながら、リリアーナと語らう時間をとても大切にしている。

彼女を自らの膝に乗せて、その日一日にあった楽しかったこと、嫌《いや》だったこと、悲しかったこと、嬉《うれ》しかったこと、美味《おい》しかったこと。

一緒にいられない時間、リリアーナが何を見て、何を感じていたのかなど、何もかもを知りたがるのだ。

これからは離《はな》れている時間が長くなるので、更《さら》に色々聞かれるだろう。

まずは第一弾《だん》のお芝居をうまく誤魔化せなければ、リリアーナの楽しいイベントはそこで終了《しゅうりょう》。続かないのだ。

そこでモリーは、一部真実を混ぜることによって、リリアーナが詰《つ》まることなく話をすることが出来るのではないかと考えた。

ならばお芝居に出掛《でか》ける日に、この前女子会をしたという令嬢達とまた、カフェで楽しく語らい合う時間を作ればよいのだ。

これでリリアーナが多少うっかりしてしまったとしても、令嬢達が観《み》た芝居の話をしたのだと誤魔化すことが出来るはずだ。

モリーにとってリリアーナは雇《やと》い主《ぬし》（の娘《むすめ》）ではあるが、大切な妹のような存在である。

だからこそ何とか今回の作戦を成功させたい。

モリーはリリアーナのお願いに応えるべく、考えを巡《めぐ》らせた。

王女様滞在二日目。

今日は王女様の歓迎パーティーが夕刻より開催《かいさい》されるため、諸々《もろもろ》の準備や手配に忙しいウィリアムは、朝食を摂《と》らずに既に執務室にて仕事を始めているらしい。

リリアーナはいつも通りに起きて顔を洗い、着替えて鏡台の前に腰掛ける。

モリーが今日の予定を伝えてくれるのだが、今日は一言も二言も多い。

「本日は夕刻よりマリアンヌ王女様の歓迎パーティーがありますので、お昼前より準備に取《と》り掛《か》かります。コルセットを着用致しますので、パーティーでは、く・れ・ぐ・れ・も、伸《の》びないはずのコルセットを伸ばすほどの食欲を発揮なさらないように！」

「酷《ひど》いわ、モリー。伸びないはずって、実際伸びているのだから、軟弱《なんじゃく》なコルセットが悪いのではなくて？　それに昼食も夕食も食べられなかったら、お腹《なか》が空いて夜眠《ねむ》れませんわ！」

そうリリアーナは訴《うった》えているが、それも仕方のないことであろう。

美しいウエストラインを作るために貴族の令嬢達は、二時間程時間を掛けてコルセットを締め上げていく。

いきなり締め上げるのでは、体への負担が大きすぎるためだ。

リリアーナにとってコルセットとは、美味しい食事を食べられないようにする『敵』そのものである。

「社交界からコルセット撲滅《ぼくめつ》運動とか起こらないかしら？」

「起こりません！」

モリーが呆《あき》れたような顔をして、リリアーナの緩《ゆる》いウェーブを描く明るい茶色の髪を梳《くしけず》る。

パーティー当日の女性の身支度《みじたく》には時間が掛かり、使用人達は目が回るほどに忙しい。

まず入浴から始まり、肌《はだ》を美しく見せるためのオイルを使ったエステ。

そしてネイルにヘアメイクに、一番時間の掛かるコルセットの着用。

最後にドレスと宝飾品《ほうしょくひん》を身に付けて完成となる。

モリーは身支度のための準備に追われるため、ハーブティーを準備すると早々に部屋から出ていってしまった。

部屋を出るには使用人を連れていかなくてはならない。

忙しく動く使用人にそれを頼むのも憚《はばか》られ、リリアーナは準備が始まるまで、部屋で大人しく小説を読むことにした。

彼女が好んで読んでいるのは恋愛《れんあい》小説で、『恋《こい》のバイブル』と呼んでいる。

かなりの冊数を読んでいるはずなのだが、自らの恋愛には全くと言っていいほどに反映されていない。とっても残念である。

昼前になり、使用人達が慌ただしく部屋へと入ってくる。

入浴もエステも嫌《きら》いではないが、パーティーのためと思うと、急に面倒くさいものへと変わるのだから不思議だ。

ネイルとヘアメイクの合間に並べられる、簡単につまめるサンドイッチやカナッペなど、見た目はとても素晴《すば》らしいのだけれど、はっきり言って食べた気がしない。

そして最大の難関である、コルセットの着用。

ここで一気にテンションだだ下がりである。

使用人二人掛かりで、紐《ひも》を少しずつ締め上げていく。

圧迫《あっぱく》により浅い呼吸しか出来なくなり、とても苦しい。

ちなみに令嬢の中には、ウエストを四十センチ程まで締め上げる者もいるが、リリアーナは絶対に五十センチ以下にしないと決めている。

貴族令嬢達にちょっとしたことで気絶する者が多いのは、このコルセットの圧迫による貧血《ひんけつ》が原因だったりする。

それによりか弱い女性とのイメージを得ることが出来ると、わざと限界まで締め上げる者もいるとか。

それはか弱いではなく、強《したた》かと言うのでは……と思わなくもないが。

そしてドレスと宝飾品を身につけ、ようやくパーティー仕様のリリアーナが出来上がった。

「「「お美しいですわ」」」

声を揃《そろ》えて褒《ほ》めてくれる使用人達に笑顔でお礼を伝えれば、彼女達は一礼して部屋を出ていった。

入《い》れ替《か》わるように、ハーブティーの用意をしてモリーが部屋へと戻ってくる。

ソファーに大人しく座るリリアーナを見て、クスクスと笑いながらカップへと注ぐ。

「お疲れ様でした」

「ええ、本当に。もう帰りたいですわ」

「いえ、まだ行ってません」

モリーのツッコミを受けながら、ハーブティーを頂く。

「ああ、ホッとするわね。……そうだわ、コルセットで具合が悪くなって欠席」

「無理です」

「……でしょうね」

モリーのツッコミに磨きがかかっているのは、リリアーナのせいであろう。

「そろそろウィリアム殿下がお迎えに来られ……」

モリーの言葉に被《かぶ》せるように、バァンと勢いよく扉《とびら》が開き、ウィリアムが部屋へと入ってきた。

「リリー、やっと会えた！　……ああ、可愛すぎるっ！　こんな可愛いリリーを誰にも見せたくないっ！」

綺麗に仕上がったリリアーナにうっとりとした視線を向け、ギュッと抱き締めた。

ほんの一瞬、モリーの眉間《みけん》に皺《しわ》が寄ったのが視界の端《はし》に見えた気がした。

きっと長時間掛けて仕上げた、リリアーナの髪やドレスの乱れを心配してのことであろう。

「リリーが足りない」

そう言ってウィリアムは更にギュウッと抱き締める。

少し恥ずかしいし、窮屈《きゅうくつ》だが、こうやって抱き締められるのは嬉しくもあるのだ。

そこへ颯爽《さっそう》と現れ、ウィリアムの頭をスパーンと叩《はた》くダニエル。

「足りないのはお前の我慢だ」

そう言われてウィリアムは渋々《しぶしぶ》とリリアーナを放した。

抱き締める腕を解かれ、自由に動けるようになったリリアーナだが、離れていく温《ぬく》もりが少し寂しいと感じた。

いつまでもあのままでは、モリーの心配通りにドレスや髪が乱れてしまっただろう。

だからダニエルが止めてくれてよかったはずなのだが。

以前知られたくない秘密をダニエルに知られてしまったこともあり、何となく邪魔《じゃま》されたことが面白くなくて。

『ダニエルなんて、可愛い令嬢達の前で鳥の○○の直撃《ちょくげき》を受けて笑われればいいんですわっ！』

思わず心の中でお祈《いの》りするリリアーナであった。

ウィリアムにエスコートされパーティー会場へと向かう途中《とちゅう》、マリアンヌ王女とエスコート役のアントン公爵家長男ジェームズとバッタリ遭遇《そうぐう》した。

このジェームズ様は少し（？）だけ上昇《じょうしょう》志向の強い、鼻持ちならな……反吐《へど》が出……不愉快《ふゆかい》な……。

どう言い回しを変えてもオブラートに包《つつ》めない、要するに本当にどうしようもない男なのである。

なぜそんな彼がマリアンヌ王女のエスコート役をしているのかというと、王女と年齢《ねんれい》的に釣《つ》り合《あ》いのとれる、婚約者のいない上級貴族の嫡男《ちゃくなん》は彼しかいなかったからである。

不細工とまでは言わないが、とにかく地味の一言に尽《つ》きる何の特徴《とくちょう》もないのが特徴と言えるほどの容姿。

何よりもその性格の悪さは突出《とっしゅつ》している。

上の者には媚《こ》びへつらい、プライドは無駄《むだ》に高く、下の者にはまるで虫けらでも見るような蔑《さげす》む視線を向け、全く容赦《ようしゃ》がない。

いくら給料が高くても働きたくないと使用人に言わしめるほどである。

どれだけ地位・財産があっても、この男の嫁《よめ》になりたがる者はいなかったし、自分の容姿を棚《たな》どころか神棚《かみだな》に上げて祀《まつ》るくらいの勢いで上げまくっているこの男は、あり得ないほどの面食いなのだ。

父親は人望もある穏《おだ》やかな人物なのだが、なかなか子宝に恵《めぐ》まれずようやく授《さず》かった一人息子《むすこ》ということで、甘やかしすぎた結果の完全なる失敗作だと言われている。

（いくら何でもコレのエスコートは気の毒すぎますわ！　他に誰かいなかったのかしら？

……いなかったんでしたわね）

リリアーナは眉《まゆ》をハの字に下げてウィリアムを見上げた。

ウィリアムは苦笑《くしょう》しながらも言いたいことは分かっているとばかりに、空いている方の手で髪が乱れぬように気を付けながら、リリアーナの頭を優《やさ》しく撫でる。

ふと視線を感じた方向へと顔を向ければ、マリアンヌ王女が無表情でこちらを見ているような気がしたのだが、それは見間違《みまちが》いかと思うほどに一瞬のことだった。

次の瞬間には、彼女の顔には綺麗な笑みが浮かべられていた。

ジェームズが王女に満面の笑みを浮かべ、

「さあ、参りましょう！」

と無駄に張り上げた大きな声にリリアーナはハッとして、マリアンヌ王女の無表情のことは忘れてしまった。

向かう場所は一緒なのだから、当然ジェームズとマリアンヌ王女の後をついていく形になるのであるが、その間ジェームズだけが楽しそうに自慢話《じまんばなし》をペラペラと繰り返し話し、マリアンヌ王女は適当に頷きながら、時々「そうですわね」などと返されるだけであった。

ずっと耳にしていたウィリアムとリリアーナは、もう既にグッタリである。

隣《となり》で直接聞かされていたマリアンヌ王女はもっとであろう。

本当に申し訳ないと心の中で謝罪するウィリアムとリリアーナであった。


謁見の間同様に、眩しく反射するシャンデリアが等間隔《とうかんかく》に高い天井より吊り下げられ、磨き抜《ぬ》かれた床の大理石にその姿を映している。

見事なまでに贅《ぜい》を尽くしたこの王宮ホールは、ウィリアムとリリアーナの出会いの場であった。

ウィリアムとリリアーナは二曲踊《おど》った後、少し休憩《きゅうけい》を取ろうとホールの中央より離れたところで飲み物を手にしていたのだが、そこへマリアンヌ王女がやってきた。

彼女の後ろからはジェームズがついてきている。

マリアンヌ王女の顔には笑みが浮かんでいるが、うまく隠しているようでも若干疲れが見えている。

ずっとあのジェームズと一緒にいたのだから、当然と言えば当然なのかもしれない。

先程から他のご子息達が王女様をダンスに誘《さそ》おうと近付くも、ジェームズが威嚇《いかく》しているため、誘うことが出来ずにいたのだ。

そうなるとずっと王女様はジェームズの相手をしなければならず、馬車での疲れも癒《い》えぬうちに余計な気疲《きづか》れが増えてしまったのであろう。

「ウィル、王女様をダンスに誘ってあげてください。あのジェームズ様のお相手をずっとされるのは気の毒すぎますわ」

申し訳なく思ったリリアーナはウィリアムに耳打ちをし、マリアンヌ王女をダンスに誘うようにお願いした。

何にしても、一度ジェームズから引き剝《ひは》がすことが大事なのだ。

一曲踊った後は、他のご子息達からのお誘いが掛かることだろう。

無事に他のご子息へ引き継《つ》いだ後、自分の元へ戻ってきてくれたらよいのだ。

「マリアンヌ殿《どの》、一曲踊って頂けますか？」

ウィリアムは気乗りしないながらも、リリアーナのお願いを断ることは出来ず、渋々マリアンヌ王女をダンスに誘った。

「ええ、喜んで」

マリアンヌ王女が一瞬ホッとしたような表情を浮かべる。

ウィリアムにお願いしてよかったと、リリアーナは和《にこ》やかに二人を送り出し、目立たぬ端の方の席へ腰掛けながら、二人の踊る姿をただぼんやりと見ていた。

ウィリアムは普段《ふだん》、リリアーナ以外の女性と踊ることはないのだが、相手が他国の王族や国賓となれば話は別である。

マリアンヌ王女と踊っていても別段おかしく思われることはないだろう。

リリアーナは手にしたフルーツワインで少しずつ喉を潤しながらも、なぜかモヤモヤとした不快感に気付いた。

まだ少し残っているフルーツワインを通り掛かった使用人へ渡《わた》し、バルコニーへと向かった。

外のひんやりとした空気を吸《す》い込むと、少しだけ楽になった気がした。

振《ふ》り返ってバルコニーからホールを見れば、皆が思い思いにパーティーを楽しむ姿が見えた。その中でも一際《ひときわ》目を引くのは、やはりウィリアムとマリアンヌ王女の姿である。

「こうして見ると、殿下とマリアンヌ王女は美男美女でお似合いじゃないか？」

「しっ！　殿下が婚約者の令嬢を溺愛されているのは周知の事実だろう？」

「でも、婚約者のリリアーナ様は可愛らしい方だが、殿下とは年齢も身長も差があるからな」

「まあ、確かにな。ライオンがウサギを抱き込んでいるように見えなくもないが……」

「だろう？　マリアンヌ王女の見事なスタイルを前にしたら、流石の殿下だって、なあ？」

窓の近くにいた男性達の会話がふと聞こえ、リリアーナはムッとする。

小さいことは、自分が一番気にしているのだ。

確かにリリアーナと比べてマリアンヌ王女は大人っぽく、ウィリアムの隣にいて何の遜《そん》色《しょく》もないほどに洗練されている。

視線をホールへと戻せば、無表情で踊るウィリアムに対して、マリアンヌ王女の表情はホッとしたような、嬉しそうな、楽しそうな表情をしているように見える。

リリアーナは何となく見ていたくなくて視線を横にずらすと、二人の姿を睨むように見ているジェームズが目に入った。

ああ、先程のマリアンヌ王女の表情は、あのジェームズから解放されたことによる安堵《あんど》の表情だったのか。

そう思ったところで、先程までの不快な胸のモヤモヤがスッと引いていたことに気付く。

リリアーナはそれにホッとしたが、近いうちにまたそんな不快感に何度も振り回されることになるなど、思いもしないのだった。


「ああ、生きてるって感じがしますわね！」

パーティーも無事に終わり、部屋へ戻ると何よりも先にドレスを脱《ぬ》いでコルセットを外す。

先程の台詞《せりふ》はリリアーナの体がコルセットから解放された瞬間のものである。

圧迫から解放されて血が巡り始めたために、肌にうっすらと赤みが差している。

あの後、ウィリアムは王女と一曲だけ踊った後すぐに戻ってきてくれた。

マリアンヌ王女も次の男性とダンスを始めたので、無事にジェームズから解放されて作戦は大成功である。

「モリー、何か食べ物を持ってきてちょうだい。このままだとお腹が空いて眠れないわ」

パーティー中はモリーに言われた通り、料理をパクつくことをせずに我慢したのだ。

モリーはお腹を空かせて帰ってくるであろうリリアーナのために、事前に厨房《ちゅうぼう》に行き数ある料理の中でカロリー低めのものを少しだけ、取り置きさせてもらっていたのである。

何だかんだ言っても、やはりリリアーナには甘いのだった。

幕間◆『微笑みの王子様』も溺愛中

ザヴァンニ王国の第二王子であるオースティンは『微笑《ほほえ》みの王子様』と呼ばれている。

しかし、常に笑《え》みを絶やさぬ絵に描《か》いたような王子様……というのは表向きの顔。

彼の本質は第三王子であるホセ以上の腹黒であり、それを知るのは王太子ウィリアムとホセと数人の侍従《じじゅう》のみである。

オースティンの幼児期はとても聞き分けの良い子どもであり、わがまま一つ口にしない彼に、周りの大人は逆に心配するほどであったのだが――。

器用貧乏《きようびんぼう》だった彼は、特に努力を重ねずとも全てにおいて良い結果を出せていたためか、何かに打ち込んだり興味を持ったりすることがなかった。

いや、正確に言えば一つだけ興味を持ったことがある。

いわゆる人間観察である。

初めは自らがニコニコと笑顔でいると、周りの大人や子どもまで、特に女性に喜ばれると気付いたことがきっかけであった。

どんな行動を取れば喜ばれ、そしてどんな行動を嫌《いや》がられるのか。

オースティンは周りの人間のちょっとした表情の変化を読み取ることを覚え、次に自らの都合のいいように相手を動かすことを覚えた。


「つまらないな……」

すでに女性嫌《ぎら》いを発揮していた十歳になったばかりの兄、ウィリアムの婚約者《こんやくしゃ》を選ぶために開かれたお茶会が王宮の庭園にて行われている。

オースティンは遠目にそれを眺《なが》めながら呟《つぶや》く。

ウィリアムはお茶会に参加することを拒《こば》み、オースティンの部屋で隠《かく》れていたのを先ほど王妃《母上》に引きずられるようにして連れていかれたのだが。

(ウィルのやつ、めちゃくちゃ嫌そうな顔してるな)

子どもとはいえ、大人の女性と変わらない猫《ねこ》なで声《ごえ》でウィリアムに擦《す》り寄《よ》る少女達の姿が見える。

ウィリアムを囲うようにして、少女達の厚い壁《かべ》ができていた。

あれでは簡単には逃《に》げられないだろう。

オースティンは周りに人がいないのをいいことに、蔑《さげす》むような視線を少女達へ向けていた。

オースティンがいるのは庭園の端《はし》にある生垣《いけがき》の外側である。

生垣の隙間《すきま》からは庭園の様子がよく見えるのだが、庭園側からはオースティンの姿は見えないという絶好の人間観察ポイントなのだ。

ウィリアムのあの様子だと、婚約者が決まることはまずなさそうだと思う。

色とりどりのドレスに身を包む少女達の笑顔は、なんとも胡散臭《うさんくさ》い。

第一王子の婚約者の座にしか興味がないのだろう。

思わず心の中で『ご愁傷様《しゅうしょう》』と呟いた。

特に面白《おもしろ》そうなこともないので部屋に戻《もど》ろうかと視線を移動した先に、一人テーブルに着いたまま、ニコニコと楽しそうにウィリアム達を見ている少女がいることに気が付いた。

特別綺麗《きれい》というわけではない、本当にどこにでもいそうな普通《ふつう》の可愛《かわい》らしい少女なのだが、オースティンはその少女から視線を外すことが出来なかった。

なぜならその少女の笑顔は自分と違《ちが》って『作られた笑顔』などではなく、自然なものだったからだ。

ということは、だ。この少女はお茶会を心から楽しんでいるのだ。

その後も少女の観察を続けるが、相変わらず心からの笑みを浮《う》かべたままずっと楽しそうにしており、オースティンは不思議に思う。

(一体、このお茶会のどこに楽しめる要素があるんだ?)

ウィリアムに群がる少女達を蔑むわけでもなく、ただただ楽しそうに見ているだけ。

誰《だれ》かと会話するでもなく、ずっと独りでいる。

(何ていうか……そう。温かい目で見守っているような感じだよな、これは)

意味が分からずずっとその少女を見ていたのだが、少女は不意に飲んでいた紅茶のカップをソーサーに戻すとゆっくり立ち上がり、ウィリアム達がいるのとは違う方向に向かって歩き出した。

オースティンは何も考えず、慌《あわ》てるように少女の後を追いかけた。

少女は何やらキョロキョロと探しているようだ。

「何か探しているの?」

思わず声を掛《か》けてしまった。

「あら、ちょうど良いところに。お化粧室《けしょうしつ》はどちらでしょう?」

少女は振り返《ふかえ》ってふわりと可愛らしい笑みを浮かべながら、おっとりとした口調で尋《たず》ねてきた。

化粧室の場所が分からないということは、少女はあまり王宮に来たことがないのだろう。

そんな風に考えながら、気付けば「案内してあげる」と少女の手を取っていた。

ウィリアムの婚約者候補の一人として呼ばれたのであれば伯爵家《はくしゃくけ》以上のはずであり、

このおっとりとした感じからきっと伯爵令嬢《れいじょう》だろうと中《あた》りをつけたのだが。

「僕はオースティンだよ。君はなんて名前なの？」

わざと無邪気《むじゃき》を装《よそお》って聞いてみる。

「ユリエル・ノートンですわ」

ノートン？　ノートン侯爵《こうしゃく》か！

……少女はまさかの侯爵令嬢だった。

自ら手を繋《つな》いで案内しているこの少女には、公爵家、侯爵家という上位貴族にありがちな傲慢《ごうまん》さというものが全くと言っていいほどに感じられない。

無意識にユリエルを凝視《ぎょうし》していたようで目が合ってしまったが、彼女のふわりとした笑顔に『可愛い』という感情が浮かび上がり、そんな風に思う自分に驚《おどろ》いた。

王宮には美しい者がたくさんいるのに、他の誰よりもユリエルが可愛く見えた。

それにユリエルの声は耳に心地《ここち》よく、笑顔は見ていてホッとする。

(僕はどうしたんだろう？　ユリエルは他の者と、何が違うんだろう？)

思えばオースティンが家族以外の誰かに興味を持つのは初めてのことだ。

ユリエルを化粧室へと案内し、その後再度庭園の手前までユリエルを送る。

本当はもっと話したかったが、今日はウィリアムの婚約者選びが目的のお茶会なので、オースティンとホセの参加は認められていない。

名残惜《なごりお》しいが誰かに見つかると後が面倒《めんどう》だから、今日はここまでにしておく方がいいだろう。

オースティンは急ぎ部屋へ戻ると、ソファーへ飛び乗るように腰掛《こしか》けた。

「ユリエル・ノートン……か」

先ほどまで一緒《いっしょ》にいた少女の名前を声にしただけで、自然と口角が上がる。

特別面白い話をしたわけでもない。

鳥が好きで間近で見たいからと朝食のパンをこっそり部屋へ持ち帰り、バルコニーに千切ったパンを撒《ま》いたら鳥がたくさん来てくれるようになったこと。

それによってバルコニー下の糞害《ふんがい》が酷《ひど》いと侍従長《じじゅうちょう》から注意されたこと。

後日庭の一画に鳥の餌台《えさだい》が作られていて、今では毎日自分が餌やりをしていると嬉《うれ》しそうに語っていた姿を思い出す。

いつもの自分であれば、作った笑みを浮かべながら心の中で『すこぶるどうでもいい話』と思って聞き流していたはずだ。

なのに、気付けば「僕も一緒に餌やりをしてみたい」と口にしていた。

驚いたのは、自分が本当にそう思っていたことだ。

何でもそこそこ簡単に出来てしまうせいか何をやっても楽しいと思うことがなく、子どもらしくない子どもだという自覚はある。

ユリエルと一緒であれば、こんな僕でも色々なことを楽しめるかもしれない。

そこでふと、ユリエルがウィリアムの婚約者候補としてここに来ていることを思い出す。

……もしウィリアムの婚約者にユリエルが選ばれてしまったら。

先ほどのように手を繋いだり、二人だけで話をすることなど出来なくなるだろう。

というよりも、ユリエルが自分以外の誰かのものになるということを考えること自体が、オースティンにとってたまらなく苦痛であり、許せることではなかった。

たとえそれが自分の兄であるウィリアムだったとしても、だ。

幸いにも兄は「婚約者は不要だ」と言っている。

父上も母上も、嫌がる兄に無理やり婚約者を決めることはしないだろう。

とはいえ、このまま何もしなければ、いずれユリエルは誰かの婚約者になってしまう。

ならば、ユリエルを俺の婚約者にすればいい。

第二とはいえ、自分は王子である。

侯爵家にとっても文句の出ようがない相手のはずだ。

(よし、まずはウィルのところに行って……)

オースティンはユリエルを自らの婚約者に据《す》えるべく、動き出した。

「兄上、ちょっとよろしいですか？」

「ああ、どうした？」

部屋の中にはウィリアムと幼なじみのダニエルがいた。

ダニエルはオースティンの裏の顔を知らない。

追い出すのは簡単だが、彼が部屋から出れば他の使用人が入ってくるだろう。

それはそれで面倒くさい。

なので仕方なく、作り物の笑顔と言葉遣《ことばづか》いを丁寧《ていねい》にした表の顔のまま話を始めた。

「今日のお茶会に参加していたユリエル・ノートン侯爵令嬢を覚えていますか？」

「ユリエル？　誰だ？　それは」

眉間《みけん》に若干《じゃっかん》の皺《しわ》を寄せて思い出そうとしているウィリアムに分からないように、ホッと息をつく。

「覚えていないなら好都合……じゃなくて、兄上は今日、どなたか気になった令嬢はおられましたか？」

(……まぁ、いるはずないと思うけど)

そう思いつつ、ウィリアムの顔を窺《うかが》う。

「ふん！　どいつもこいつも臭《くさ》いしうるさいし、気に入るわけがない。私に婚約者など必要ないと言っているのに！」

ウィリアムはうんざりした顔で怒《おこ》りながら言った。

ダニエルが「まあまあ、落ち着け」と宥《なだ》めている。

(やっぱりな。父上も母上もウィルの女嫌いを心配しているのは分かるけど、いきなり婚約者選びっていうのは逆効果でしかないのになぁ。でも、お陰《かげ》でユリエルに会えたわけだし、今回ばかりは感謝だな)

「僕はいましたよ? 兄上、僕はユリエル・ノートン嬢《じょう》が気に入りました。どうしても彼女を僕の婚約者にしたいのです。……協力してもらえませんか?」

ちょっと困ったように眉《まゆ》を下げて、ほんの少しだけ上目遣《うわめづか》い気味《ぎみ》にお願いしてみる。

僕の本性《ほんしょう》を知っているウィルやホセには効かないが、たいていはこれで通るのだ。

案の定ウィリアムは呆《あき》れたような顔をしているが、ダニエルは首を縦に振っている。

「オースティンが誰かに興味を持つなんて、珍《めずら》しいな。別にいいんじゃないか? 協力するのは構わないが、そのユリなんとかって令嬢とはどこで会ったんだ? 今日のお茶会にオースティンはいなかったよな?」

「ユリエル・ノートンだよ、兄上。お茶会の途中《とちゅう》で化粧室に行こうとして、迷子になってるところにたまたま出くわしたんだ」

「そのユリエル嬢はどんな子なんだ?」

それまで大人しく聞き役に徹《てっ》していたダニエルも興味を持ったらしく、聞いてきた。

「なんていうか、普通？　美人というわけでもないし、面白いわけでもないし、でも笑顔がホッとするっていうか……」

ウィリアムとダニエルが驚いたような顔をして、オースティンを見ている。

「何？」

「いや、なんていうか、想像してたのと違うな、と」

「ふ～ん。ダニエルはどんな子を想像してたんだか」

少しむくれたようにそう言うと、ウィリアムも話し出す。

「オースティンの口からホッとするなんて言葉が出たことに驚いただけだ」

「兄上まで、ひどいなぁ」

ダニエルの驚きとウィリアムの驚きは違っていたようだ。

苦笑いで答えるオースティンを気にするでもなく、ウィリアムは続けた。

「で？　お前のことだから、この後どうするかはもう考えているんだろう？」

「……そうだね。兄上はこの後、父上と母上と婚約者を誰にするか話し合うんだよね？　そこに僕も同席させてもらって、ユリエルとの婚約をお願いしようと思うんだ。兄上には父上と母上から反対された場合に僕の味方になってほしいんだ」

「ああ、分かった」

「ユリエル・ノートン嬢と婚約したい？　オースティンがか？」

父上と母上が大層驚いた顔をしている。

それはそうだろう。長男であるウィリアムの婚約者を選ぶためにお茶会を開いたのに、肝心《かんじん》のウィリアムでなく次男のオースティンが、兄の婚約者候補の一人を自分の婚約者にしたいと言うのだから。

そこにウィリアムが話しだした。

「私は何度も言った通り、まだ婚約するつもりはありません。だから今日来た令嬢の中から誰かを選ぶことは絶対にしないし、もし勝手に選ばれたとしても、絶対に認めません。オースティンがその中から誰かを自分の婚約者として選ぶとしても反対はしないし、うまくいってほしいと思います！」

ウィリアムの言葉に国王と王妃《おうひ》は何やら思案顔になる。

この国の公爵家《こうしゃくけ》にはウィリアムと年齢《ねんれい》の近い子息はいるが、令嬢はまだ幼いため、侯爵家令嬢のユリエルともう一人の侯爵家令嬢が最有力候補者であったらしい。

だが、普段一切《ふだんいっさい》わがままを言ったことのないオースティンの初めてのお願い事を、国王も王妃も、無下《むげ》には出来なかった。

ウィリアムも今は婚約者は不要と言っている。

将来的にはウィリアムの婚約者を決めねばならないが、これからの出会いに期待しようということになり、ノートン侯爵家のユリエル嬢にオースティンとの婚約の打診《だしん》をすることになったのだった。


「あれから十年以上経《た》つのか。……早いものだな」

本日は隣国《りんごく》であるベルーノ王国よりマリアンヌ王女が来訪され、華《はな》やかに歓迎《かんげい》パーティーが行われている。

ユリエルはオースティンの瞳《ひとみ》の色に合わせた紫《むらさき》がかったブルーのドレスを身に纏《まと》っており、オースティンは優《やさ》しい笑みを浮かべながらエスコートしていた。

「オースティン様？　どうかなさいまして？」

「いや、ユリに初めて会った時のことを思い出していた」

「初めて会った時、ですか？」

「ああ。ユリは兄上の婚約者候補としてお茶会に参加していた」

「ええ、覚えておりますわ。私がお化粧室の場所が分からなくて、困っていた時ですわね」

「あまり困っているようには見えなかったが？」

「まぁ、意地悪を仰《おっしゃ》って。ちゃんと困っておりましたわ」

おっとりとした口調は、あの頃《ころ》のまま変わらない。

ちょっとズレた言い回しも、オースティンには可愛くて仕方がない。

十年以上が過ぎたというのに、オースティンが興味を持つ女性はユリエルだけだった。

きっとこの先も、ユリエル以外の誰かに興味を持つことも、心を動かされることもないと思っている。

ふわりと浮かべる彼女の笑顔も、この先ずっと変わらないでいてほしいと切に願う。

ウィリアムのような溺愛とは違うが、オースティンもまた違った形で、ユリエルだけを溺愛してきたのである。

各々《おのおの》が歓談《かんだん》していると、会場にダンスの音楽が流れ出した。

まず、王太子のウィリアムと婚約者のリリアーナ、そして本日の主役であるマリアンヌ王女とジェームズが中央へ進む。

そして、楽団の奏《かな》でるゆったりとした曲に合わせて踊《おど》り出した。

「兄上は相変わらずだね。リリアーナ嬢しか目に映ってないよ。あの『氷の王子様』はどこへ行ってしまったのやら」

「ふふ、一途《いちず》で素敵《すてき》じゃありませんか」

「まあね、兄上にも大切な人が出来てよかったよ」

そう話しているうちに、一曲目が終わった。

オースティンはいつものようにユリエルの手をとり、ホールの中央へと進んでいく。

息の合ったダンスに周囲から感嘆《かんたん》の声が漏《も》れ聞こえるが、既《すで》に二人の世界へ入り込んでいるオースティンとユリエルの耳には届いていない。

楽しそうに踊りながら、オースティンはふと思い出した。

「そういえば、兄上は私にマリアンヌ王女のもてなしを丸投げしたかったみたいだよ」

「まあ、そうでしたの」

おっとりと笑うユリエルに、オースティンは少しだけ意地悪そうな顔を向け、ユリエルの耳元に唇《くちびる》を寄せてそっと囁《ささや》く。

「もし私がマリアンヌ王女につきっきりになったら、ユリエルは嫉妬《しっと》してくれた？」

ユリエルは少しだけ困ったような笑みを浮かべる。

「もちろん、嫉妬致《いた》しますわ。でも……必ず私の元へ、戻ってきてくれるのでしょう？」

オースティンは嬉しそうに破顔して答えた。

「ああ、絶対にユリエルの元に戻るよ。私の瞳は出会ったあの時から君だけしか映さないのだから」

「約束ですよ？」

「約束する」

甘々《あまあま》な空気を纏いながら、二人は仲良く踊り続けた。

第3章　リリアーナ、ウィリアムと初喧嘩

待ちに待った週末。

リリアーナとモリーの楽しい計画第一弾《だん》、決行日である。

リリアーナの部屋でウィリアムと朝食を済ませると、これから仕事に向かう彼を見送るために扉《とびら》の前へと進む。

執務《しつむ》と王女のエスコートで、いつものティータイムをとることは出来ず、夕食までは顔を合わせる時間もないのだ。

背の高いウィリアムを少し見上げるようにして、笑顔《えがお》で告げる。

「いってらっしゃい」

そんなリリアーナを名残惜《なごりお》しそうに見つめ、ギュッと抱《だ》き締《し》めて充電《じゅうでん》した後。

「行ってくる」

後《うし》ろ髪《がみ》を引かれる思いでウィリアムは仕事へ向かった。

ウィリアムが廊下《ろうか》の角を曲がるのを確認《かくにん》すると、リリアーナは満面の笑《え》みを浮《う》かべて部屋の中へと引き返し、モリーを呼ぶ。

「モリー、行ったわよ！」

芝居《しばい》が楽しみなのは分かるが、その言い方はあまりにもウィリアムが気の毒である。

「準備は出来ております。すぐにお着替《きが》えを」

既《すで》に着替えを終えているモリーは言うが早いか、リリアーナをチャッチャと着替えさせた。

お芝居もそうだが、長期休暇《きゅうか》に入ってから会っていない、裕福《ゆうふく》な商家の姉妹《しまい》のように見える。着替えを終えた二人は、どこからどう見ても、友人のエリザベスとクロエに会うのも楽しみにしていたのだ。

予定通りに護衛の騎士《きし》達（着替え済み）を従えて王城を抜《ぬ》け出し、前回女子会を行った人気のカフェ『シエル』へと向かった。


「お元気そうですわね」

「リリもね」

笑顔で言葉を交《か》わすエリザベスとリリアーナの横で、クロエは柔《やわ》らかな笑みを浮かべている。

既に二カ月程ある長期休暇が三分の一程過ぎており、その間の話題はたくさんある。

時間が惜しいとばかりにさっさと注文を済ませると、エリザベスが話題の口火を切った。

「ベルーノ王国の王女様が、視察に殿下《でんか》のエスコートを要求していると聞いたけど？」

「マリアンヌ王女ですか？　確かに彼女に乞《こ》われてウィルが色々な場所へエスコートするようですわね」

「ようですわねって……リリは心配じゃないの？」

「心配……ですか？」

心配の意味が分からず首を傾《かし》げるリリアーナに、クロエが説明をしてくれる。

「実はベルーノ王国の王女様が来訪されたのは、この国の王太子妃《ひ》の座を得るためとの噂《うわさ》がまことしやかに囁《ささや》かれておりまして、エリー様はリリ様を心配なさっていらっしゃるのですわ」

思ってもみなかった話に、リリアーナは驚《おどろ》きの表情を浮かべた。

それもそうだろう。王太子であるウィリアムには、既にリリアーナ《私》という婚約者《こんやくしゃ》がいるのだから。

「王太子妃の座、ですか？」

「そうよ。あそこは塩害でかなり被害《ひがい》を受けて、いまだに復興出来ていないでしょ？　援《えん》助《じょ》打ち切り前に王女を寄こすなんて、王女をやるから援助の継続《けいぞく》よろしくって言ってるようなものじゃない」

言いながらエリザベスが眉間《みけん》に皺《しわ》を寄せている。

「ベルーノ王国側がもしそう考えていたとしても、著《いちじる》しく国力の低下している国の王女様を娶《めと》る旨《うま》みはないかと……」

クロエがリリアーナを気遣《きづか》ってフォローを入れる。

「ザヴァンニ王国からすれば旨みはないけど。あの国は『自分達は援助・優遇《ゆうぐう》されて当然であって、自分達の望み通りにしない国は倫理《りんり》に反する』って主張するし、逆に他国に援助しようものなら『我々はこれだけしてやったんだ』って恩着せがましくアピールするような、自己中心的な考えを持つ者が多いからね。まあ、まだ若い国王だし、前国王と違《ちが》って頭の悪い爺《じい》達を抑《おさ》えられずに言いなり状態らしいけど」

「エリー様、もう少し声を落としませんと……」

「ああ、ごめん。つい」

慌《あわ》てて周囲を窺《うかが》いながら小声で諫《いさ》めるクロエに、エリザベスは一応謝罪のような言葉を口にするも、全く気にする素振《そぶ》りはない。

「まあ、ウィリアム殿下に限って、リリを捨てて王女様に鞍替《くらが》えなんてことは間違《まちが》ってもないとは思うけどね？」

「ええ、ウィリアム殿下はリリ様を溺愛《できあい》なさっておりますし、それはないかと……」

エリザベスの言葉に頷《うなず》きながらクロエが同意する。

けれどリリアーナは、マリアンヌ王女が王太子妃の座を得るために来訪したのではないかと言われ、思い出したのだ。

初めて挨拶《あいさつ》を交わした時の値踏《ねぶ》みするような視線と、歓迎《かんげい》パーティーでウィリアムにエスコートされるリリアーナに向けた無表情を。

どちらも一瞬《いっしゅん》のことで、見間違いだろうと思っていたのだけれど。

（もしマリアンヌ王女が本当に王太子妃の座を狙《ねら》っているとしたら、あれは見間違いではなかったということですの？　マリアンヌ王女は本当にウィルを？　いえ、でも……）

ふとウィリアムとマリアンヌ王女の美しいダンス姿を思い出し、胸がツキンと痛んだ。

「リリ？」

心配そうにリリアーナの顔を覗《のぞ》き込んでいるエリザベスとクロエに気付く。

「な、何でもありませんわ。それよりも、クー！」

慌ててクロエに話を振《ふ》れば、彼女は可愛《かわい》らしくコテッと小首を傾げる。

「私ですか？」

「ええ、筋肉……いえ、ダニエルには会えましたの？」

「あ、それ私も気になってた！」

リリアーナとエリザベスの興味津々《きょうみしんしん》な視線を受けて、クロエはほんのりと頬《ほお》を朱《あか》く染める。

「お陰様《かげさま》で、あれから訓練見学に通っておりますわ」

とは言っても、マリアンヌ王女の視察同行でダニエルは更《さら》に忙《いそが》しくなった。

なかなか訓練には参加出来ていないようで、クロエも遠目に一度見かけただけで、言葉を交わすことはいまだ出来ていないらしい。

「それで、どうだったの？　遠目でも見たんでしょ？　その筋肉様はクーのお眼鏡にかなったの？」

クロエはほんのりと朱くなった頰を更に朱くする。

「ええ。とっても素敵《すてき》な理想的な筋肉でしたわ……」

うっとりとした表情を浮かべている。

「クーは、まずそこですのね……」

「顔は？　残念なイケメンだった？」

「顔ですか？　なかなかにキリッと整ったお顔をされていらっしゃるとは思いますが、何ぶん遠目にしか拝見出来ませんでしたから……」

「けど、筋肉はバッチリ確認済み、と」

「もちろんですわ！　そこは絶対に外せませんもの！」

リリアーナとエリザベスは揃《そろ》ってクロエに残念そうな瞳《ひとみ》を向けた。

クロエにとっては顔よりも何よりも、まず筋肉のようである。

「でも、クー一人でその筋肉様に近付くのは難しいんじゃない？」

「そうですわね。まだ一度、しかも遠目にしか出来ていないのでは、言葉を交わせるのは

いつになるか……」

「ねえ、リリ？　何とかクロエに筋肉様と話が出来るきっかけ、作ってあげられないかな？」

肩《かた》を落としてシュンとするクロエに何かしてあげたいと思うのは、エリザベスもリリアーナも同じである。

「そうですわね……。どちらにしても今は王女様関係で忙しくされておりますから、それが落ち着いてからでないと難しいと思いますわ」

「そっか、残念」

「ですが、落ち着いたらクーのために一肌脱《ひとはだぬ》ぎましょう！」

「リリ様、エリー様、ありがとうございます」

クロエは花が綻《ほころ》ぶような笑顔を浮かべ、それを見たリリアーナとエリザベスも自然と笑顔になる。

その後は違う話に花を咲《さ》かせながらデザートまでしっかりと完食し、また女子会を行う約束をして解散となった。

ちなみにモリーと護衛の騎士達はリリアーナの斜《なな》め隣《となり》の席に座り、美味《おい》しいと評判のランチと、デザートまでちゃっかり堪能《たんのう》していた。

これから向かえば、少し早いくらいの時間に劇場へ到着《とうちゃく》出来るだろう。

リリアーナとモリーは騎士を従えてゆっくりと歩いて向かった。

街並みを見ながら進むのもなかなか楽しいものである。

「あら、あそこにいるのはダニエルじゃないですか？」

モリーが人混みの先を指差すと、そこには確かに平民風の衣装《いしょう》に身を包んだダニエルの姿が。他にも見たことのある騎士数人が、やはり揃って平民風の衣装を着用している。

そして一瞬、人混みが割れて見えたのは——。

平民風の衣装を着たウィリアムと、その腕《うで》に絡《から》みついている裕福な平民風の衣装を身に纏《まと》ったマリアンヌ王女だった。

モリーにはウィリアム達の姿が見えていなかったようである。

リリアーナが見たのも、ほんの一瞬だった。

その後はもう人混みに紛《まぎ》れて見失ってしまい、彼らが何のためにここにいたのかなどは分からない。

ただ先程《さきほど》エリザベス達に聞いた、マリアンヌ王女が王太子妃の座を得るために来訪したという話が頭の中を巡《めぐ》るのと同時に、ウィリアムに絡みつく彼女の白く細い腕が、目に焼き付いて離《はな》れなかった。

「お嬢様《じょうさま》？　いかがなさいました？」

モリーが小声で聞いてくる。

黙《だま》って抜け出してきているため、ダニエル達にリリアーナがここにいることを知られてはいけない。

「いえ、何でもないわ。それよりお芝居の時間に遅《おく》れたら大変だわ。急ぎましょう」

リリアーナは何事もなかったように、そう言って劇場へ向けて歩きだした。

ウィリアムとマリアンヌ王女を見たことをモリーに黙っていたのは、何となく今口に出したくなかったから。

その時のリリアーナには、自分がなぜそんな風に思ったのかは、まだ理解出来ていなかった。

予定通り、少し早めの時間に劇場へ到着したリリアーナ達。

ボックス席へと案内されると、リリアーナも先程のことはすっかり忘れてモリーと二人、久しぶりの舞台《ぶたい》にはしゃいでいた。

物語は定番だが、身分違いの恋《こい》をテーマにしたものであった。

異国の王子が庶民《しょみん》の娘《むすめ》と恋に落ちる。

だが既に王子には身分、容姿共に申し分ない婚約者がいたのだ。

叶《かな》うはずのない恋。少しでも一緒《いっしょ》にいられるだけで幸せ。

そんな想《おも》いはいつしか『嫉妬《しっと》』という名の黒い炎《ほのお》で醜《みにく》く燃え上がっていく。

これ以上ないほどに燃え上がった嫉妬の炎は、娘を正気でなくしていく。

婚約者を亡《な》き者にしようと刺客《しかく》を雇《やと》い、あともう少しというところで王子が現れるのだ。

婚約者を庇《かば》い、刺客の剣《けん》が王子の胸を貫《つらぬ》こうとしたその時――。

王子の前には娘の姿があった。

刺客の剣は娘の体にズブズブと沈《しず》み込んでいく。

いきなり現れた娘の姿に、王子も刺客も驚きを隠《かく》せない。

刺客は雇い主《ぬし》がいなくなったことで姿を消し、何も知らない王子は自分を庇って息も絶え絶えの娘の姿に涙《なみだ》する。

最後の最後で娘は底抜けに優《やさ》しかった、王子と出会った頃《ころ》の自分を取《と》り戻《もど》す。

幸せだった時間に感謝し、婚約者と幸せになってほしいと告げて娘は息絶える。

遺《のこ》された王子と婚約者は、娘の望み通り幸せになれるよう、努力し続けるのだった。


「……スッキリしませんわ」

幕が下り拍手《はくしゅ》が鳴りやまぬ中で、ポツリと呟《つぶや》いた言葉をモリーはうまく聞き取れなかったようだ。

「お嬢様？　何か仰《おっしゃ》いまして？」

「何かこう、今回のお話はスッキリしませんでしたの」

ボックス席の中にはリリアーナとモリーと護衛の騎士がいるだけである。それでも他の客に聞かれぬよう、小さな声で話しているのだ。

「う～ん、そうですねぇ。今回ハッピーエンドものではなかったですから。でも珍《めずら》しいですね？　お嬢様がそんな風に仰るのは。いつもはどんなお話でも、それなりに楽しんでらっしゃいますのに」

「……そうだったかしら？　久しぶりの舞台で期待しすぎていたのかもしれませんわね」

「本当に久しぶりでしたものね。では、そろそろ王宮へ戻りましょう？　あまり遅《おそ》くなると見つかってしまうかもしれません」

「そうね、帰りましょう」

日が朱色《しゅいろ》に染まる頃には王宮に到着し、誰《だれ》にも見つかることなく部屋へと無事戻ることが出来た。とりあえず、楽しい計画第一弾の舞台を観に行くことは成功したのだ。

次なる計画に向けて、リリアーナとモリーの楽しい楽しい作戦会議は既に始まっているのである。

街の噴水《ふんすい》の前には広い敷地《しきち》があり、それは曜日によって屋台が並んだり、楽団の演奏に合わせて踊《おど》り子《こ》が踊ったり、大道芸が行われたりと様相を変えている。

リリアーナとモリーの楽しい計画第二弾として目をつけたのは、大道芸である。

大道芸は月二回、第二日曜日と第四日曜日に行われている。

次の予定日は三日後。

三日後の護衛騎士はいつもの人ではなく、ウィリアムより少しだけ年上の既婚者《きこんしゃ》で、寡《か》黙《もく》な双子《ふたご》のパパさん騎士である。

もちろん口止めという名の賄賂《わいろ》は既に渡《わた》している。

「先日お芝居を観に行った時に、ダニエルの姿を目撃《もくげき》しましたわね？　運良くあちらからは見られませんでしたけれど、次どうなるかは分かりませんわ。ですから決行日のウィルとダニエルの予定を把握《はあく》しておくべきだと思いましたの。どうかしら？」

「そうですね。予定を把握しておけば、バッタリ遭遇《そうぐう》なんてことにはなりませんし、安心ではありますね」

「では、ウィルにそれとなく聞いてみますわ！」

「……あまりツッコんで聞かないようにしてくださいね？　バレますよ？」

「分かってますわ」

本当に？　といった目で見ているモリーに気付かない風を装《よそお》い、ハーブティーで喉《のど》を潤《うるお》す。昔からリリアーナは、何かを聞き出すことがあまり得意ではないと、一応自覚しているのだ。

「大道芸って、話には聞いていても実際目にするのは初めてですわ。モリーは見たことがありますの?」

「ええ。私は買い物途中《とちゅう》に横目でチラリと見た程度ですが、話に聞いたことはありますね。芸達者な者達が色々な芸を披露《ひろう》しているようですよ? 人垣《ひとがき》が出来ていてよく見えませんでしたので、どのようなものかまでは分かりかねますが……」

「ねえ、モリー? 人垣が出来ているものを、どうやって見るんですの?」

「それは、少しずつ前に出て見える位置まで行くというか……」

モリーがどう説明しようかと考えているとリリアーナが両手をパンと叩《たた》いて、閃《ひらめ》いたとばかりに、楽しそうに少しズレた考えを口にする。

「分かりましたわ! 人混みをかき分けていけばいいのね? コツなどあったりするのかしら?」

「かき分けてって、ある意味間違ってはおりませんけど、ちょっと違うというか。それにコツって……」

未来の王太子妃が人垣をかき分けるなど、聞いたことがない。

それに体の小さなリリアーナでは、見えるところに行くまでに人垣の中で揉《も》みくちゃにされて終わるだろう。

「その辺は護衛の騎士がうまく誘導《ゆうどう》してくれるはずですわ。お嬢様は大人しく彼らの誘導に従ってくだされば大丈夫《だいじょうぶ》です」

「あら、そうですの？　人垣をかき分けていくのも楽しそうだと思いましたのに」

リリアーナは少し残念そうな顔をした。

絶対に楽しくなどないですよ！　と喉まで出かかった言葉を呑《の》み込み、好奇心旺盛《こうきしんおうせい》なリリアーナに、とにかく大人しく従うように説得するモリーであった。


翌日。

「ねえ、モリー。ラブレターって、何を書けばよろしいのかしら？」

「は？　ラブレター？　誰が、誰に、ですか？」

「私が、ウィルに、よ」

モリーが呆《あき》れたような目をリリアーナに向ける。

さしずめ『また今度は何やらかしたんですかね、このお嬢様は』といった心境であろう。

「なぜそんなことになっているんです？」

「昨日、ウィルとダニエルの予定を聞き出すと言ったでしょう？　早速《さっそく》夕食後にミッション遂行《すいこう》を試みたのですわ。それで……」

「ねえウィル？　マリアンヌ様はいつまで滞在《たいざい》予定でいらっしゃるの？」

リリアーナがウィリアムとゆっくり二人だけで話が出来るのは、夕食を終えて応接室へと入ってからである。

ソファーでモリーが用意してくれていたホットミルクを少しずつ頂きながら、リリアーナはさりげなくウィリアムに質問してみた。

ここから話を膨《ふく》らませつつ、今後（特に三日後）の予定を確認するというミッションを遂行中なのである。

「特にいつまでとは決まっていないな。せっかく訪《おとず》れたからザヴァンニ王国の色々なものを自分の目で見てみたいと言いだしたんだ。そのために毎日あちこち連れ出されるこっちの身にもなれと言ってやりたいがな」

（この前街に出ていたのは、そういうことでしたのね。でも、だからといってあんなに密着する必要がありますの？）

すっかり忘れていた街での遭遇を思い出し、ウィリアムがマリアンヌ王女と一緒にいたことには納得《なっとく》出来たものの。

マリアンヌ王女の絡めた腕も思い出し、胸にモヤモヤとした不快感が込み上げてきた。

そんなリリアーナの心に気付くことなく、ウィリアムは小さく溜息《ためいき》をつくと、リリアーナをヒョイと膝《ひざ》の上に乗せた。

「お陰でこうしてリリーとゆっくりする時間が減ってしまった」

ウィリアムの寂《さび》しそうな表情に、胸のモヤモヤはまだ残ってはいたものの、思わず彼の頭を撫《な》でていた。

彼は嬉《うれ》しそうに目を細めて口角を上げて、そしていつものようにリリアーナに聞いてくるのだ。

「リリーは私がいない間に何をしていた？」

「王太子妃教育以外の時間は、裏庭の四阿《あずまや》でのんびり過ごしたり、お友達に手紙を書いたり、モリーと一緒に刺繍《ししゅう》を刺《さ》したりしていましたわ」

口が裂《さ》けても部屋で楽しい計画をモリーと二人で練っていました、などとは絶対に言えない。

前もって準備しておいた答えを、自分で言うのも何だが、淀《よど》みなく自然に言葉に出来たことに満足する。

ところが今日はなぜかおかしな方向に話が進んでいく。

「私宛《あて》の手紙は書いてくれないのかい？」

「ウィル宛の手紙、ですか？」

「ああ。リリーから私宛の」

「書くのはよいのですが、何を書けばよろしいですの？」

ウィリアムはニヤリという表現がピッタリな笑顔で、リリアーナの耳元で囁く。

「ラブレターがいい」

一瞬にして朱く染まったリリアーナの熱くなった頰にキスをして、ウィリアムは更に甘く囁く。

「ねえ、リリー？」

「ひゃいっ！」

もうこうなってしまうと、リリアーナがウィリアムの納得のいく返事をするまで、甘い甘〜い言葉を延々と耳元で囁かれるのだ。

口から砂糖を吐《は》き出せそうである。

「リリーは私にラブレターを書いてはくれないのかい？」

「そ、そ、そ、それは……」

「リリーと一緒にいる時間が減って、寂しいと思っているのは私だけなのかな？」

「そ、そんなことは……」

この状況《じょうきょう》でモリーと楽しんでますとは、口が裂けても言えない。

リリアーナは激しく視線を泳がせる。

もう先程の胸のモヤモヤやミッションのことなど、頭の片隅《かたすみ》にも欠片《かけら》さえ残っていない。

どうにかこの状況から逃《に》げ出そうとするリリアーナだが、ウィリアムへのラブレターを書くと約束するまで、この状況からは逃《のが》れられない。

「交換日記《こうかんにっき》じゃダメですの？」

チラリとウィリアムを見るも、無言で笑みを浮かべたまま、こちらをジッと見ている。

リリアーナは仕方なく了承《りょうしょう》するほかなかったのだった。


「え〜と、それでラブレターを書かねばならなくなったと？」

「そうですの。モリー、何を書けばよろしいですの？」

「あ〜、はいはい。殿下に負けないくらい甘ったる〜いお手紙でも書いて差し上げたらどうです？　きっと喜ばれますよ？」

モリーがすこぶるどうでもいいというような顔でハーブティーを淹《い》れている。

「そんなの無理ですわ！」

「無理でも何でも、書かなければいけません。お約束されてしまったのでしょう？」

「だ、だって、約束しないと耳元でずっと、砂糖を吐き出せそうなほどの甘ったるい言葉を囁かれますのよ？　私にどうしろと？」

知るかっ！　と叫《さけ》びたいところではあるが、そこは大事な大事なお嬢様が困っているのだ。モリーは仕方なくアドバイスを贈《おく》る。

「お嬢様がいつも読まれている小説を参考になさったらいかがでしょう？」

幼い頃からリリアーナ付きの侍女《じじょ》として、ずっと側で働いてきたモリー。

彼女に恋愛《れんあい》する時間などなかったわけである。

しっかりしているようで、実はリリアーナ以上に恋愛に縁《えん》がなかった。

彼女に相談することが、そもそもの間違いであったのだが。

「小説……。そうね、私の書棚《しょだな》には恋のバイブルがたくさんありますもの。分かったわ、参考にしてみますわ。モリー、ありがとう」


——二時間後。


「え〜と、お嬢様？　……これはポエムですか？」

「いいえ。ラブレターですわ！」

「ちなみにどちらの小説を参考になさったので？」

「こちらにあるもの全部ですわ！　良さそうなものを抜き出して繋《つな》げてみましたの。どうかしら？」

机の上に乗っている十数冊はあろう本の山。

そんなキラッキラした瞳を向けられても、ポエムはポエムでしかない。

喉から出そうな言葉をモリーは必死で押し留《とど》める。

リリアーナの書いたラブレターという名のポエムは次のようなものであった。


『貴方《あなた》は私の太陽。

いつも明るく照らしてくれる。

そして貴方が太陽ならば、私は月。

貴方が夜道で迷わぬよう、夜空を照らしましょう……以下略』

どこからツッコめばいいのかしら？　と困惑《こんわく》中のモリーに気付かず、リリアーナは楽しそうに話しだす。

「一行目はこの小説から抜き出しましたの。二行目はこの小説のこの部分。三行目はこの小説のここですわ。四行目はこの小説のことと、あの小説のここをくっつけてみましたのよ？　その後も……」

長々と説明し終えると、「どう、すごいでしょう？」とでも言いたげに、ない胸……コホン。ささやかな胸を張っているリリアーナ。

『小説を参考になどと適当なことを言ってしまい、本当に申し訳ありませんでした』

モリーはそう、心の中で盛大《せいだい》に土下座して謝罪した。

何にしても、リリアーナにラブレターを書かせてはいけないことが発覚したのであった。

モリーはリリアーナのために、渡すことをやめるようにやんわりと言ったのだが。

約束は約束だと、問題のポエムなラブレターは、ウィリアムに渡されることになった。

リリアーナとモリーの楽しい計画第二弾を翌日に控《ひか》えるも、いまだウィリアムとダニエルの予定は聞き出せていない。

今夜こそ絶対に聞き出さなくてはと、リリアーナは先程よりタイミングを見計らっている。

ウィリアムは昨夜リリアーナから渡されたポエムなラブレターにより、ずっとご機嫌《きげん》な様子。

今ならきっと、怪《あや》しまれないはず。

「ウィルとダニエルは明日も王女様とお出掛《でか》けされますの？」

ド直球である。

まあ、下手に遠回しに聞くよりも、リリアーナらしいと言えるのかもしれない。

特に怪しまれることもなく、ウィリアムは普通《ふつう》に答えてくれた。

「明日は薬学研究所の見学に王女を連れていく予定になっている。あの王女は薬草や加工した薬に興味があるようでな。何ならリリーも一緒に来るか？」

「いえ、ヴィリアーズ家の領土ではあちらこちらで栽培《さいばい》されていて見慣れておりますし、薬学研究所の話は難しすぎて、私には分かりませんもの。遠慮《えんりょ》させて頂きますわ」

そうなのだ。ヴィリアーズ家の領土で栽培されている薬草は、今やザヴァンニ王国第二位の収穫量《しゅうかくりょう》にまでなっているのだ。

ちなみに薬草は摘《つ》んでから五日以内に加工しなければ、その効果は得られなくなってしまう。

そのため薬草のまま輸出するのはほぼ不可能であり、他国へは加工済みの薬を輸出しているのだ。ベルーノ王国とは近々その薬の輸出量を増やす契約《けいやく》を結ぶ予定にある。

「そうか、残念だな。あの王女が滞在中のせいで、しばらくリリーと一緒に出掛けられていないし……。なかなか良い案だと思ったんだがな」

ウィリアムがとても残念そうに肩を落とす。

「リリーにも寂しい想いをさせて申し訳ない……」

「いいえ、全然気にしていませんわ」

リリアーナがそう答えると、ウィリアムは僅《わず》かに寂しそうな表情を見せる。

それに気付き、努めて明るくリリアーナは提案した。

「もう少し難しくなさそうな、楽しい場所ならご一緒したいですわ。その時はぜひ連れていってくださいませね」

「リリーらしいな。だがそのような場所へ行く時には、王女とダニエルは邪魔《じゃま》だな」

「まあ、ウィルったら」

二人顔を見合わせて笑い合う。

楽しい場所ならデートで行きたいという意味のウィリアムの言葉は、素直《すなお》に嬉しかった。

それに、明日のウィリアム達の予定を無事聞き出すことに成功したのだ。

ミッションコンプリートである。

リリアーナの予定も聞かれたので、明日は一日お気に入りの四阿で新しく手に入れた恋愛小説を読むつもりだと伝えた。

実際はお昼過ぎに王宮を抜け出し、街の広場で大道芸を見て、夕方までには戻る予定である。

薬学研究所と広場は離れているため、先日のように街でバッタリ遭遇ということはないだろう。

満足して、安心して眠《ねむ》りにつくリリアーナであった。

天気は快晴。楽しい楽しい時間の到来《とうらい》である。

「お嬢様、そろそろお出掛けのお時間です」

「やっとなの？　待ちくたびれましたわ」

朝からソワソワと落ち着きがなく、何度となく「まだかしら」を繰《く》り返《かえ》していたリリアーナに、楽しみなのは分かるが少しは自重してくれとモリーは切に願う。

「あら、今日の護衛は初めての方かしら？」

双子のパパさん騎士の横には、二十歳《はたち》くらいのちょっと軽そうな男がいる。

パパさん騎士が説明をしようと口を開くが、それよりも前に軽そうな男が説明を始めた。

「このお出掛け、殿下には内緒《ないしょ》なんだってな。いつもの護衛《ヤツ》は所用で休んでるし、勤務中の他のヤツを連れていくと速攻《そっこう》バレるから、非番の俺に話が回ってきたんだよ」

まさかの非番の騎士だった。

「まあ、お休みでしたのに、すみません」

「ん～、今日は特にデートの予定もなかったし？　それにヒマだったからね。あの殿下に内緒のお出掛けとか、面白《おもしろ》そうだし？」

この騎士は近衛《このえ》騎士団一の問題児、別名『エロテロリスト』と呼ばれる方だそうだ。

『腕はたつ方らしいですが、本当に大丈夫かしら？　少し心配ですね』

モリーは不安げにケヴィンという名の騎士を見やった。

「すごい人の数ですね」

広場へと到着すると、あちらこちらに人垣が出来ている。

その中心には大道芸人がおり、各自得意のパフォーマンスを繰り出し、見物人達を楽しませていた。

「モリー、どこから見ていけばいいんですの？　順番などはありますの？　右回りとか、左回りとか……」

「どこからでも大丈夫ですよ。好きなところに行って見ていいんですよ？」

どこかズレた感覚のリリアーナの問いに、優しい笑みを浮かべながらモリーが答える。

そんな二人のやり取りを見て、エロテロリスト騎士が声を立てて笑いだす。

「いや、マジで嬢ちゃん面白いわ」

「嬢ちゃんなんて、そんな言い方……」

モリーが注意しようとするが、その口の前に人差し指を立てられる。

「ここでそれを言うのかい？」

口元は笑っているけれど、目は鋭《するど》い。

そうだ、ここは城の中ではない。お忍《しの》びで来ているのである。

ここでリリアーナが身分ある貴族令嬢《れいじょう》だと周囲に分かってしまうような言動をするべきではない。

「そうでしたね。失礼しました」

モリーは素直に頭を下げ、けれども嬢ちゃん呼びは納得いかなかったのか、エロテロリストに食ってかかる。

「ですが、もっと他に呼び方はあるでしょう？」

「え～？　じゃありりちゃん？」

「ふざけないでください！」

「じゃあ何て呼べばあんたは納得するんだ？」

「それは……お嬢様、とか」

モリーは言葉に詰まる。

「お嬢様、ね。まあ、いいけど」

あまりにも軽い男にモリーは苛《いら》つきを隠せない。

双子のパパさん騎士はいつものことと思っているのか、特に何も言ってこない。

もともと口数の少ない男であるから、仕方がないのだろう。

とにかくこのエロテロリストとは、必要最低限の会話しかしないことにモリーは決めた。

せっかくリリアーナと楽しむためにここへ来たのだ。

会話をすれば不快な思いしかしないのならば、会話をしなければいいだけのこと。

「ふわぁぁぁぁああ」

淑女《しゅくじょ》らしからぬ声を上げるリリアーナ。

彼女の目の前で繰り広げられているのは、大きなボールの上に乗った道化師《どうけし》のジャグリングだ。

初めは幾《いく》つもの小さなボールから始まり、今は数本のナイフでのジャグリングである。

リリアーナの、驚きの声や歓喜《かんき》の声や心配そうな声と、目まぐるしくコロコロと変わる表情にエロテロリストが、

「お嬢さん見てる方が面白《おもしれ》えや」

などと言っているが、リリアーナの耳には届いていない。

割れんばかりの拍手と共に芸がひと段落すれば、そこにいた人達は皆《みな》次の人垣へと移動していく。その集団についていくリリアーナにピッタリ付《つ》き添《そ》うように、モリー達もその隣の人垣へ移動した。

こちらは何やら大きなお皿を細長い棒のようなものの先で回している。

「あのお皿は……ヴィヴィエールのお皿じゃないかしら？」

ヴィヴィエールとは、細部にまでこだわった美しい絵柄《えがら》で有名な、貴族に大人気の陶磁《とうじ》器《き》メーカーである。

リリアーナの呟きに返事をしたのは、エロテロリスト騎士だった。

「ヴィヴィエールって、あの高～い皿だろ？　マジか。落としたら泣くに泣けねぇな」

「よくご存じなのね。あなたみたいな人はお皿などにカケラも興味なんてないと思ってたわ」

チャラチャラしたこの騎士がヴィヴィエールを知っていたことが意外すぎて、ついモリーは話しかけてしまった。

「まあ、確かに皿よりいい女の方が興味あるけどな」

「……ソウデスカ」

ある意味予想通りの言葉というか、清々《すがすが》しいまでに堂々と言い切る姿に妙《みょう》に感心してしまう。そんなモリーの横で、リリアーナは芸に夢中になっている。

皿回しも盛大な拍手と共にひと段落したようで、今度はどこの人垣へ向かうかとリリアーナとモリーが決めかねていると――。

すごい勢いで走ってくる子どもがモリーにぶつかった。

モリーはよろけて転びそうになったところをエロテロリスト騎士に助けられ、ぶつかった子どもはそのまま派手に転んだ。

その拍子《ひょうし》に子どもが持っていたであろう荷物がばら撒《ま》かれ、リリアーナの足元にもそのうちの一つが転がってきたのだが。

それはどう見てもその子どもには似つかわしくない高価な財布《さいふ》であった。

他にも落とした物を見れば、様々な財布が散らばっている。

子どもは飛び起きると、それらを慌てて拾い集めて逃げるように走っていったのだ。

すると、リリアーナもその後を追うように走っていった。

「え？　お嬢様！」

唖然《あぜん》とするモリー。

パパさん騎士も慌ててリリアーナを追い、エロテロリスト騎士はモリーの腕を摑《つか》むとその後を追う。

幼い頃から侍女としてリリアーナに仕えていたモリーは、それなりに腕力《わんりょく》はあるものの走ることがほとんどないため、すぐに息が上がってしまう。

それでもお嬢様に何かあってはと、必死でついていくが、すぐに限界はきた。

それに気付いたエロテロリスト騎士は摑んでいた手を放すと、モリーをお姫《ひめ》様抱っこして再び走り出したのだ。

生まれて初めてお姫様抱っこなるものを体験したモリーは、何か言いたげではあるが、息が切れてしまって言葉にすることが出来ない。

それにしてもいくらモリーが瘦《や》せているとはいえ、お姫様抱っこをしながらこれだけのスピードを出して走るとは、流石《さすが》は近衛騎士である。

その頃リリアーナはすばしっこい子どもから離されないように、必死で追いかけていた。

本来お嬢様であるリリアーナは真っ先にへばりそうなものだが、苦しいだけのコルセット装着や重たいドレスの着用などで、意外にも根性《こんじょう》や体力があったようだ。

細い道を右に左に、もう自分が既にどこを走っているかなど、全く分からない。

その後をパパさん騎士が、そして少し離れてモリーをお姫様抱っこしたエロテロリスト騎士が追うという構図になっている。

どれくらい走ったのか。子どもは少し広がった、古い井戸のある袋小路《ふくろこうじ》のところでようやく止まった。そしてリリアーナの方へ向き直ると、怒《いか》りを露《あら》わにして叫ぶ。

「しつこいんだよ！　ったく、どこまでついてくる気だよ。あんたの財布は盗《と》ってないだろ！」

少し高めの声は、女の子なのか声変わり前の男の子なのか。

髪は肩よりも少し長めで、前髪で目は隠れている。

服の袖《そで》や裾《すそ》から出て見える手足はとても細い。

「ええ、何も盗られておりませんわね」

「じゃあ、なんで追いかけてくるんだよ！　あんたには関係ないだろ！」

「そうですわね、全く関係ありませんわ。あなたが逃げるから追いかけるハメになってしまいましたのよ？　ほら、血が出ていますわ。先程盛大に転んだ時に酷《ひど》く打ち付けていたでしょう？」

「へ？」

リリアーナはその少年とも少女とも見分けのつかない子どもに近寄ると、いきなりしゃがんで子どもの膝の怪我《けが》を確認しだした。

そこへパパさん騎士が追いつく。

子どもはその姿に体をビクつかせるが、リリアーナの「動かないで！」の声に固まった。

「ああ、砂利《じゃり》が入ってますわね」

かなり酷く擦《す》りむいているのと、打ち付けたであろうところには擦り傷と痣《あざ》が多数出来ている。

「丁度良いところに来てくれましたわ。そこの井戸から水を汲《く》んでくださいませ」

パパさん騎士にお願いすると、彼は少し困惑気味の顔をしながらも、リリアーナに危険がないことを確認してから水を汲んでくれた。

リリアーナはその水で子どもの膝を洗い流す。

子どもは驚愕《きょうがく》の表情を浮かべながらもされるがまま状態である。

目に見える砂利が取り除かれると、リリアーナはポケットから真っ白なハンカチを取り出し、それを包帯代わりに膝に巻き付ける。

「こんな真っ白なハンカチ、なんで俺のためなんかに使ってるんだよ！　こんな高価なもん、弁償《べんしょう》なんて出来ないからな！」

「べつにいいですわ。私がしたくてやっているだけですもの」

「は？　なんで？　なんでそんなこと……」

「目の前で怪我されたら、手当てしますでしょう？」

「へ？」

リリアーナは「何そんな当たり前のことを聞いてますの？」とでも言いたげな顔をしており、一方子どもは「この裕福なお家《うち》の子は何を言っているんだ？」と言いたげな顔をしている。

パパさん騎士はそれを見守っている。

そんな微妙《びみょう》な空気の中、やっとエロテロリスト騎士とモリーが追いついた。

途中でリリアーナ達を見失ったので少し時間が掛かってしまったのだ。

「お嬢様！　大丈夫ですか？」

リリアーナの元に駆《か》け寄《よ》ろうとして、モリーは自分がお姫様抱っこされていることに気付き、慌てて下ろしてもらう。

「ええ、もう終わりましたわ。広場に戻って続きを見て帰りましょう」

ケロッとしているリリアーナだが、目の前でスリを働いていた子どもがいるのに放置して戻っていいのだろうか？　そんな表情の騎士達にリリアーナが言い放つ。

「私は今ここにいないはずの存在ですわね？　ですから今起こっていることは起こっていないことなんですの。お分かりかしら？」

全くもって分かりにくいが、子どもを憲兵に引き渡しなどしたら、王宮にいるはずの自分が外にいたことがバレるだろうと言っているのである。

「シェリー！」

そこへ手当てをされた子どもの仲間と思《おぼ》しき子ども達が、どこから湧《わ》き出てきたのかと思うほどに集まってきた。

「シェリー、大丈夫か？　こいつらに何かされたのか？」

集まった子どもの中で一番大きな子どもが、手当てをされた子どもを庇うように前に立った。

どうやら手当てされた子どもはシェリーという少女だったらしい。

少女を庇う少年は、リリアーナ達を威嚇《いかく》するように、鋭い目を向けている。

「いや、スリの途中で転んで怪我して……」

「こいつらに捕《つか》まったのか？」

「いや、だから怪我したのを……」

「捕まったんだな！」

いや、ちゃんと聞けっ！

ここにいる全ての者の心がシンクロした。

「手当てして差し上げただけですわよ？　もう帰りますわ」

「は？」

少年はリリアーナの言葉に意味が分からないというように首を傾げる。

「そうそう、血が止まったらそのハンカチは外して、膝を綺麗《きれい》な状態に保つようにしてくださいませね。そのまま放置して化膿《かのう》してしまうと、治るまでに時間が掛かってしまいますし、痕《あと》が残ってしまいますわ」

リリアーナはマイペースにシェリーと呼ばれた少女にそう伝えると、

「ご機嫌よう」

と言って踵《きびす》を返し、数歩歩いたところで立ち止まる。

「あなた、帰り道は分かります？」

パパさん騎士に聞くが、どうやら分からないらしい。

「チャラ男はご存じ？」

「チャラ男？　え、俺？　いや、まあいいけどさ。……方向的には多分向こうじゃね？」

憲兵と違い近衛騎士である彼らは、裏道までは把握していないようだ。

モリーを見ると、困ったように眉《まゆ》を下げている。

とりあえず誰も分からないことが判明した。

リリアーナは少し考えて、シェリーの前に立つ少年のところまで戻る。

「あなた、道案内をお願いするわ」

「なんで俺が！」

「シェリーだったかしら？　彼女は足を怪我しているわ。怪我人にお願いするわけにはいかないでしょう？」

「いや、でも」

「あなたは迷子の案内も出来ないほど狭量《きょうりょう》な人間ですの？」

「自分で迷子って言い切るんだ……」

少年は残念なモノを見る目でリリアーナを見ているが、当の本人はそれに関して特に気にした様子はない。

「あなたに道案内のお仕事をお願いしますわ」

「え？　道案内の仕事？　は？」

「ええ。道案内のお仕事ですわ。お仕事ですからもちろん謝礼はありますわよ？　ですから先程の財布達は落とし物としてこのチャラ男が憲兵に届けますわ」

リリアーナの言葉に子ども達だけでなく、モリーや騎士達もポカーンとしている。

「チャラ男は今日非番でしたでしょう？　街でたまたま財布を拾って届けても、特におかしくありませんわね。私もここにいることがバレずに済みますわ」

いいことを考えた！　とでも言いたげな顔をしているが、ここにいる皆が『たまたま財布を拾いすぎだろう』と心の中でツッコんでいた。

残念ながらチャラ男に財布を届けさせるのは決定事項《じこう》のようである。

「では、そろそろ帰りましょうか」

リリアーナのその言葉に少年はハッとしたように鋭い目を向ける。

「何勝手に決めてるんだよ！　道案内なんてしねえし、財布も俺達のもんだ。さっさと返せよ！」

少年の鋭い目つきとは反対に、リリアーナは無表情である。

「あなた達はこの先もずっと、盗《ぬす》みを続けるつもりですの？　この調子では、いつかは捕まってしまいますわよ？」

この国での窃盗《せっとう》罪の刑罰《けいばつ》は鞭《むち》打ちであり、それは年齢《ねんれい》に関係がない。

他国の窃盗罪にはもっと厳しいものもあると聞くが、どんな刑罰であっても子ども達にそれを受けさせたくはない。

「じゃあ、あんたが何とかしてくれるとでも言うのかよ！」

少年は悔《くや》しそうに顔を歪《ゆが》めて、半ば叫ぶように吐き捨《す》てる。どうせ出来るはずがないんだろうとでも言うように。

「全員を助けようなんて、神様でもない限り無理ですわ。私は神様ではないし、そんな無責任なことは言えませんもの」

「じゃあ、どうしろって言うんだよ！」

「考えますわ」

「考えてどうにかなるのかよ！」

「なるわけないでしょ！」

堂々と言い切るリリアーナに、少年達や護衛騎士にモリーまで、皆唖然としている。

リリアーナは短く息を吐き出して、静かに話しだした。

「私が考えてすぐに思い付くようなことなら、とっくに誰かがやっていますわ。だから、もっと考えますの。考えて、考えて、閃いたら誰かがそれを実行しますわ」

「あんたが実行するんじゃないのかよ」

「私は指示を出す側ですわ。実行するのは他の誰かが致《いた》しますわよ？」

ドヤ顔でそう言ったリリアーナを見て、目の前の少年はお腹《なか》を抱《かか》えて笑いだした。

ひとしきり笑った後、少年はニヤリと口《くち》の端《は》を上げて言った。

「堂々と人任せ宣言したのはあんたが初めてだ。身綺麗《みぎれい》な格好をした奴《やつ》らは耳触りのいい言葉を並べ立てるばっかりでさ。だから俺達は甘い言葉を信用しない。……信用しないんだけどさ、何だかなぁ」

調子狂《くる》うよな、なんて頬を掻《か》く。

「うふふ。ところであなた達は読み書きや計算は出来ますの？」

リリアーナの質問に、少年はふてくされたように答える。

「いきなり何だよ。出来るワケねえだろ？　ここにいるのは俺も含《ふく》めて、学校なんか通ったことのないヤツばかりなんだ」

「では、勉強しましょうか。読み書きや計算が出来なくては、働く場所もないでしょう？」

「そりゃ、出来た方がいいに決まってるさ。けどよ、俺達みたいなのに誰が教えてくれるんだよ」

リリアーナは頬をプクッと膨らまして、腰《こし》に手を当て、不満を全身で表した。

「私では不満だと？」

「へ？」

「確かに毎日は無理ですけれど、時々来て教えて差し上げるくらいなら、私にも出来ますわよ？」

少年はリリアーナの剣幕《けんまく》に押され、タジタジである。

「いや、あんたは考える立場で、実行は他の誰かがするって言ってたじゃんよ。だから、てっきり他の誰かが来るのかと……」

慌てて言い訳する少年の言葉に同意するように、モリーがリリアーナに説得を始める。

「そうですわ。なぜお嬢様が直接実行されるんですか。いつものように他の者に任せればよろしいでしょう？」

「モリー？　いつものようにって……。私だって少しくらい、自分でやることもありますわよ？」

「そうでしたっけ？　ですが、今回の件に関しては他の者に任せてください！　そうそう簡単に抜け出してくるなど出来ませんよ？　それに、出来ない約束はしないのではなかったのですか？」

「うっ、そうね。それを言われるとイタイですわね。では基本は他の者に任せて、時々抜け出して私も教えに行きますわ。それならいいでしょう？」

「まだダメですわ。一体どこで教えるつもりですか？　失礼ですがこの辺りはお世辞にも治安がいいとは言えません。講師役の者を派遣《はけん》することも、何よりお嬢様が再び来ることも許可出来ません！　子ども達が安心して学べ、講師も安心して派遣出来る場所が必要です」

モリーに言われ、考え込むリリアーナ。確かに学べる場所は必要だ。

子ども達が気軽に出入り出来て、治安の良い場所となれば、出来れば最初にいた噴水のある広場に近いところがいいだろう。

「場所についてはこれから探してみますわ。場所が決まり次第連絡《しだいれんらく》……といっても、どうやって連絡すればいいかしら？」

そこでチラッとエロテロリストは騎士に視線を向ける。

エロテロリストはエロテロリスト「オレ？」と言った風に指を自分に向けて首を傾げる。

「ええ、チャラ男。あなたが連絡役をしてちょうだい」

「げっ！　マジかよ。いや、でも、デートの約束が……」

「チャラ男？　何か仰いましたかしら？」

ジッと見つめて真顔でそう言えば、チャラ男は頭を掻き毟《むし》りながら諦《あきら》めたように、悔しそうに吐き捨てた。

「だぁぁぁああぁ。分かった、分かりました！　やればいいんだろ？　やれば！」

「まぁ、やってくださいますの？　助かりますわ、ありがとう」

リリアーナは満面の笑みを浮かべた。

「チッ、殿下よりタチ悪《わり》いじゃねえかよ」

「チャラ男？　聞こえてますわよ？」

リリアーナはチャラ男に向けていた視線を少年へと移す。

「そこの少年？　そちら側の連絡役は、あなたでよろしいわね？」

「あ、ああ。俺がやる」

「では、どうやって連絡をつけるのかなどは、そこのチャラ男と相談してくださいませ」

「チャラ男って……えっと、そのチャラいお兄さんの名前は？」

「存じ上げませんわ」

「は？」

「チャラ男はチャラ男ですわ」

「……ああ、いや、もういいです。自分で聞きます」

少年は肩を落としてチャラ男の方へと歩いていく。

二人で何やら話しだしたのだが。

（時折こちらを見ては溜息をついているのはなぜかしらね？）

「では、案内頼《たの》みましたわよ？」

「……こっちだ」

少年が噴水のある広場まで案内してくれる。

かなり入り組んだ道を通ってきたように思ったのだが、シェリーはリリアーナ達を撒くために、ワザと分かりにくい道を使って、遠回りにあの場に向かったようである。

少年の案内についていけば、案外広場からは離れていなかったようで、歩いて十分も経《た》たずに到着した。

「ほら、着いたぞ」

少年は振り返ってリリアーナ達へと告げる。

リリアーナは約束通り案内料としてのお金と、あの場にいた子ども達の分のパンを、すぐ近くのパン屋さんでチャラ男に買ってこさせ、少年に渡した。

「贅沢《ぜいたく》をしなければ、これで数日分の食料が買えるはずですわ。パンはみんなで仲良く分けてくださいね」

「……ありがとう」

「なるべく早めに連絡致しますわ。……このチャラ男が」

「なあ、俺が言うのも何だけどさ、名前くらい覚えてやんなよ」

「チャラ男はチャラ男ですわ」

「……」

少年は微妙な顔をしながら帰っていった。

その後、シェリーのスッた財布を予定通り落とし物としてチャラ男に届けさせたのだが。

やはりというか、何と言うか。

いくら非番の騎士とはいえ、あれだけの財布を一度に拾うのは不自然ということで、根掘《ほ》り葉掘り聞かれ、思った以上に時間が掛かってしまったという。

どのように説明したのかは、チャラ男は教えてくれなかったので、分からない。

ただ、子ども達のことは言っていないようである。

リリアーナ達は少し離れた場所で、憲兵の詰め所から彼が出てくるのを首を長くして待っていたのだ。

そんなこんなで、城へ戻る予定の時間をだいぶ過ぎてしまっていたため、慌てて帰ってきたのだが。

……タイミングが悪かったとしか言いようがないだろう。

ウィリアムとマリアンヌ王女の戻ってくる時間と丁度重なってしまったのだ。

「リリー？」

明らかにいつもと違う、裕福な庶民の着るような服装のリリアーナ達を、ウィリアムが目敏《めざと》く見つけてしまった。

あと少し。あと少し早く着くか、遅く着いていれば、きっと見つからずに部屋へと戻れたことだろう。

リリアーナだけでなく、モリーや護衛のパパさん騎士までもが揃えたように庶民の服を着ており、非番であるはずのチャラ男まで一緒にいるのだ。

王宮を抜け出して街まで行ったであろうことは、誰の目から見ても明らかである。

最早言い逃れなど出来るはずもなく。

どのように説明という名の言い訳をしようかと、ウィリアムの声のした方へと恐《おそ》る恐る振り向けば、少し離れた位置にいるウィリアムと、その腕に笑顔で胸を押し付けるように手を絡めるマリアンヌ王女が見えた。

その後方にはダニエルと数人の護衛騎士がいる。

ウィリアムのエスコート姿を再び目《ま》の当《あ》たりにして、マリアンヌ王女が王太子妃の座を狙っているらしいという話をリリアーナは思い出した。

その途端《とたん》、胸のモヤモヤというか不快感が増す気がして、二人の姿を見ることが辛《つら》くなった。

何と言葉にしたらいいのか分からない上に、口を開いたら思ってもいない言葉が飛び出してしまいそうで怖《こわ》い。

リリアーナはそうならないように、必死で唇《くちびる》を噛《か》み締め何とか一礼すると、その場を逃げるように去ることしか出来なかった。

モリーやチャラ男達が慌てて追いかけるが、ウィリアムはマリアンヌ王女を連れているため追いかけることが出来ないようだった。

リリアーナは部屋へ戻ると、勢いよくベッドへとダイブする。

どれもこれもが淑女にあるまじき行為《こうい》ではあったが、モリーはいつもと違うリリアーナの様子に、声を掛けることが出来なかった。

パパさん騎士とチャラ男もそんなリリアーナの行動に心配しているようではあったが、モリーから今日の礼を言って、とりあえず帰ってもらったのだった。


どれくらいそうしていたのか。

リリアーナはムクリと起き上がり、静かにソファーへと移動した。

モリーにハーブティーを淹れるようお願いするが、彼女はいつでも淹れられるように既に準備をしていたようだ。

本当によく出来た侍女である。

リリアーナは淹れたてのハーブティーをゆっくりと味わった後、テーブルへとカップを戻すと、フーッと一つ長く息を吐き出した。

「ねえ、モリー？」

「はい、何でしょうか？」

「ウィルは……先程の私の態度に、怒《おこ》っているかしら？」

モリーは少し考えて「分かりません」と言った。

「怒るというより、困惑されているかもしれません。いきなり逃げ出されましたからね」

リリアーナはすぐそこにあったクッションを抱き締《し》めて、顔を埋《うず》める。

「……だって、あの場にいたくなかったんですもの」

「怒られるからですか？」

「違うわ！　あの場にいたらいただけ、何かよく分からない胸の不快感が増していくような気がしたんですわ」

「胸の不快感？　リリアーナ様、何か悪いものでも口にされました？」

モリーが残念そうな眼差《まなざ》しを向けてくる。

「ちょっと、モリー？　あなた失礼じゃなくて？　いくら私でも何でも口にするわけじゃないわよ？　これは胸焼けじゃなくて！　ただ、ウィルの腕に笑顔で腕を絡めるマリアンヌ様が……」

そこまで言って、自分が何に対して不快に思っていたのかを、やっと理解した。

（そうですわ。ウィルの隣は私の場所なのに、そこに私以外の誰かがいるのが嫌《いや》だったのだわ）

それに、マリアンヌ様がウィリアムを狙っているかもしれないことに、不安になったのだ。そのことに気付いて呆然《ぼうぜん》とするリリアーナ。

「ああ、お嬢様は王女様に嫉妬なさっていたわけですか」

モリーが納得したような顔でそう言うと、リリアーナはそれまでの不快感を露わにした表情を一変させ、急に嬉しそうに叫ぶ。

「嫉妬……これが嫉妬というものなのね？　どうしましょう。私もついに、大人の階段を一つ上ってしまいましたわ！」

何が嬉しいのか、胸の前に両手の掌《てのひら》を合わせて、瞳をキラッキラさせている。

そんなリリアーナに『いや、嫉妬くらい子どもでもしますよ』とは言えず、なぜ嫉妬が大人の階段を上ることになるのか、全く理解出来ずにモリーは複雑そうな表情を浮かべた。

長く仕えるモリーにも、時々理解出来ないこともあるのだ。

「お嬢様？　もう少しで夕食の時間になりますから、そろそろお着替え致しましょう」

こういった時はスルーするのが一番と、チャッチャと準備を始める。

夕食後はきっと、応接室でウィリアムの尋問《じんもん》が始まるであろうことは目に見えている。

だが、今のリリアーナは全く気付いていない。

下手にそのことを言えば、確実に火の粉がモリーまで飛んでくることになるだろう。

（お嬢様、先に謝罪させて頂きます。申し訳ございません。あなたの犠牲《ぎせい》は忘れませんっ！）

モリーは心の中で盛大に謝罪するのだった。

「リリー、説明してもらえるかな？」

夕食を終え、応接室のソファーに座るリリアーナの隣に腰掛けると、ウィリアムは真顔でそう尋《たず》ねてきた。

いつもであれば、目が笑っていなくても笑顔で聞いてくるのに。

やはり黙って街へ出掛けたことに怒っているのか、それとも説明もせずに去ったことに怒っているのだろうか？

だが、リリアーナだって面白くないのだ。

先程までは大人の階段を上ったことにご機嫌だったが、やはりこの胸のモヤモヤは晴れずに残っている。

むしろ自覚したからこそ、この気持ちをどう処理すればよいか分からないのだ。

リリアーナにとって『嫉妬』は初めての感情であったのだから。

ウィリアムは言っていた。マリアンヌ王女に毎日あちこち連れ出されていると。

話に聞いてはいても、何度も目にすることがなかったから平気でいられたのだ。

けれど、当然のようにウィリアムの隣に彼女が立つ姿を見てしまった。

嬉しそうにウィリアムに腕を絡める姿を見てしまった。

いつもいつも自分の居場所だったはずのそこに、当たり前のように彼女がいたのだと思うと、仕事だと理解《わかって》していても何となく認めたくなくて、素直に謝ることが出来なかった。

それにマリアンヌ王女が王太子妃の座を狙っていると聞き、余計に心配になるのだ。

しかしそれは不確かな情報である。隣国《りんごく》との関係悪化を防ぐためにも、そんな不確かな情報をウィリアムに話すわけにもいかなかった。

黙って出掛けたことは確かに良くなかったが、何か問題を起こしたわけではない。

ちゃんと説明さえすればウィリアムはきっと、苦笑いしながらも『次からはちゃんと一言言ってから出掛けるように』と言って許してくれたであろう。それでも。

「べつにっ。特に説明するようなことはありませんわ！」

何だか面白くなくて、ついそっぽを向いて、可愛くない態度をとってしまう。

そんなリリアーナにウィリアムは無表情のままで、

「そう、私には説明する必要もないと言うんだね？」

そう言って立ち上がると、リリアーナの方へ視線を向けることなく静かに「分かった」と一言残し、応接室を出ていってしまった。

リリアーナは一人応接室に残され、呆然としていた。

こんな風に一人残されることなど、今までに一度もなかった。

しかもあの態度は、婚約前の彼に戻ってしまったかのようだったのだ。

ウィリアムなら怒らないだろう。

ウィリアムなら甘やかしてくれるだろう。

ウィリアムなら、ウィリアムなら……。

そうやって彼に甘えてきたことに、今更ながらに気が付く。

喧嘩《けんか》など、したことがなかった。

というより、ウィリアムがいつも折れてくれていたお陰で、喧嘩になることがなかったのだ。

「どうしましょう。ウィルを怒らせてしまったわ……」

そうは言っても、どうしてもウィリアムの隣にいるマリアンヌ王女を思い出して、素直になることが出来ない。

なぜなら見目麗《みめうるわ》しいウィリアムと、その隣に並ぶ美しいマリアンヌ王女が、とてもしっくりきたからだ。

ウィリアムの隣には、あんなゴージャスな美人がお似合いなのだと、思ってしまった。

歓迎パーティーで男性達が言っていたことも、今なら分かる気がする。

ウィリアムはいつも小さなリリアーナを小動物のように可愛がってくれるが、大人の女性としての扱《あつか》いではない気がする。

認めたくはないが、釣《つ》り合《あ》いがとれていないように思えるのも確かだ。

リリアーナはそれで余計に不安になってしまったのだ。

そんな風に思う自分が嫌で、それを認めたくなくてあんな態度をとってしまったのであって、決して『説明する必要もない存在』などとは思っていないのだ。

リリアーナの中でウィリアムは『誰よりも大切な存在』となっているのに。


ふらふらと自室へ戻り、夜着に着替える。

その間モリーがいつもと違う様子のリリアーナを心配そうに見ていたが、一人になりたかったリリアーナは何も言わずにベッドへと潜《もぐ》り込んだ。

考える時間があると、望まずともどんどん嫌な方へと考えが進んでしまうものである。

もしかして自分に愛想《あいそ》を尽《つ》かして、あの後マリアンヌ王女の元へ行ってしまっただろうか？　終《しま》いにはそんなことまで考えてしまうのだ。

頭を振ってそんな妄想《もうそう》を頭の中から必死に追い出そうとするけれど、そうすればそうするほど、リリアーナをあざ笑うように、妄想の中のウィリアムとマリアンヌ王女は仲良さそうに寄り添うのだ。

目を瞑《つぶ》っても、耳を塞《ふさ》いでも、自分の妄想からは逃れられなかった。

そして気が付けば、カーテンの隙間《すきま》から朝日が漏《も》れていた。

「朝……」

結局、一睡《いっすい》も出来ずに朝を迎《むか》えてしまった。

リリアーナはのそのそとベッドから出ると静かに窓辺へと向かい、そっとカーテンを開く。

窓の外は瞬《また》く星の姿を消し去り、大地を明るく照らし始めていた。

庭先の朝露《あさつゆ》に濡《ぬ》れた色とりどりの花を目にしても、今のリリアーナには素直に美しいと喜べる心の余裕《よゆう》はなかった。

視線は眼下に広がる美しい花達へ向けられてはいるが、その瞳には何も映していない。

ただただ何も考えずに、立ち尽くしていたのだ。

……どれくらいの時間が過ぎたのか。

ノックの音がして、モリーが部屋へと入ってきた。

モリーは窓から入り込む日差しに視線を向け、リリアーナが窓辺に立ち尽くしている姿に気付いたようだ。

「お嬢様！　起きていらっしゃったんですか？」

いつもはモリーに起こされるまで起きないリリアーナが起きていることと、昨夜の様子がおかしかったことから、モリーは慌てて駆け寄る。

リリアーナは窓の外から視線を外すことなく、静かに呟く。

「嫌《きら》われてしまったのかしら……」

口に出してそう言えば、何だか鼻の奥がツンとしてきて、うっすら瞳に涙の膜《まく》が張られていく。

「お嬢様……？」

いつの間にか俯《うつむ》きがちになっていた顔を上げれば、そこに心配そうな顔をしたモリーが立っていることにようやく気が付いた。

「モリー、どうしましょう。……私、実家に帰らねばいけなくなってしまったかもしれませんわ」

「え？　なぜご実家に帰らねばならないのでしょう？」

「だって、ウィルを怒らせてしまったんですもの。夫婦喧嘩《ふうふげんか》をした妻は『実家に帰らせて頂きます』と言って、実家に帰るものなのでしょう？」

「既にどこからツッコんでいいのか分かりませんが、その情報源は何なのでしょう？」

「もちろん、私の書棚にある恋愛小説《恋のバイブル》よ」

モリーはかなり間違った解釈《かいしゃく》をしているリリアーナに、どう説明したらいいのか困り果て、思わず天井《てんじょう》を見上げてしまう。

「ええと、お嬢様？　まずどうして喧嘩になってしまったのか、そこからご説明頂けますか？」

「そうね。夕食を終えていつものように応接間へ行くと、ウィルに昨日のことを説明するように言われましたの。すぐに説明すればよかったと、今なら思いますわ。でも……」

リリアーナは昨夜のウィリアムとの会話を、覚えている範囲《はんい》でモリーに説明した。

「……というわけで、私実家に帰らねばいけなくなってしまいましたの」

「間違っているとも言い切れませんし、でも微妙に間違っているというか、惜しい！」

「どっちなんですの？」

「この場合、実家に帰るのは殿下です」

「ウィルが？　でもウィルの実家はここですわよ？」

「ええ、まあ、そうなんですが……。物語なんかですと、夫婦喧嘩をしたら怒っている側が『実家に帰らせて頂きます』と言って帰ります。まあ、たいていは妻が怒って帰りますけど。ですが実際は夫婦の間に子どもがいる場合、子どもを連れて帰るのは大変ですから、夫を追い出すなんて話も耳にしますし、自分の居場所を宣言して安心させるのは面白くないと、何も言わずに帰る方もいるそうですよ？　まあ、今回殿下の実家はここですから、『実家』ではなく『部屋』に帰ったんじゃないですか？」

「では、私は実家に帰らなくてもよいと？」

「帰る必要はございませんが、お二人の喧嘩は解決しておりませんよね？」

「……」

「こういうことは早く解決した方がいいですよ？　話しづらくても何でも、時間が経てば経つほどこじれて面倒《めんどう》になりますから。少しでも早く、キチンとお話しになってくださいね」

「……頑張《がんば》ってみますわ」

「では、陰ながら応援《おうえん》させて頂きますね」

着替えを手伝い、朝食の準備のため一旦《いったん》部屋を出るモリー。

リリアーナはモリーと話すことによって、これから自分のやるべきことを頭の中でいくらか整理が出来た。

(まずはウィルに、昨日の失礼な態度を謝罪することにしましょう)

嫉妬という感情は、自分が自分でなくなってしまうようで怖い。

そんな感情に振り回されるなんて、あってはならないと思う。

まずは素直になってウィリアムと話さなくてはと、リリアーナは考えた。

それに、昨日出会った子ども達のことも、彼に相談したいのだ。

自分一人の力では実現するのが難しいことだから。

彼らの生活環境《かんきょう》を整えることはすぐには無理だし、今はまだ思い付かないが、まず読み書きと計算が学べるような環境を作ることなら出来るはずだ。

ウィリアムならば安心して、落ち着いて勉強が出来る場所を、すぐに手配してくれるだろう。

ところが、いつもならば一緒に摂《と》るはずの朝食にウィリアムは現れなかった。

ウィリアムは既に執務室へと向かってしまったとの連絡を受け、リリアーナは部屋で一人寂しく朝食をいただいた。

ショックを受けたが、気分転換《てんかん》に四阿に行くことにした。


奥庭にあるこの小さな四阿は、リリアーナのお気に入りの場所だ。

いつもはここにウィリアムがパティシエにお願いして作らせた、リリアーナ専用のカロリー控え目なお菓子《かし》とハーブティーを準備し、恋愛小説を読んでのんびりとするのだが。

今日はどうにも小説を読む気分にはなれないし、お菓子に手が伸《の》びることもない。

どこにいても、何をしていても、ウィリアムのことが気になって仕方がない。

夜も、もしかしたら話もせずに自室へ戻るつもりなのではないか。

いや、今日はマリアンヌ王女のお部屋に行くつもりかもしれない。

……そんな風にまた悪い妄想をしては気落ちし、いや、ちゃんと話せばウィリアムと仲直り出来るはず！　と自分を鼓舞《こぶ》してみたりするのだが、なかなか気持ちが落ち着かないのだ。

敷《し》き詰められたクッションに体を預け、空を見上げる。

ウィリアムがマリアンヌ王女の相手をしている間に、モリーと色々なところに出掛けて楽しむはずだったのに。

時間は有り余っているので出掛けることは可能だが、行く気力がないというか、行ってもきっと心から楽しむことは出来ないだろう。

毎日あんなに楽しくお出掛けの計画を練っていたはずなのに。

それは、ウィリアムとの仲が良好であったからこそ楽しめたのだ。

ハァと一つ大きな溜息をついていると、ふいに声が掛かった。

「何だ？　嬢ちゃんらしくない溜息なんてついて。食べすぎか？」

今日は非番ではないために、着崩《きくず》した騎士服に身を包んだチャラ男が勝手にリリアーナの前の席に腰掛ける。

テーブルに肘《ひじ》をつき、頬杖《ほおづえ》をつくような色気ダダ漏れな格好でこちらを見てくる。

リリアーナはまたハァと溜息をついて、チャラ男を睨《にら》みながらムゥと頬を膨らませる。

「失礼ですわ！　そんなに食べません！　モリーに続いてあなたまで……」

「ははは、あの口うるさい奴にまで言われたのか。それにしても、さっきから見てれば随《ずい》分《ぶん》と溜息ばっかりついて、どうした？　幸せが逃げるぞ？」

「逃げません！　吐いた後にしっかり吸い込んでますから、これは溜息ではなく深呼吸ですわ！」

チャラ男は可笑《おか》しげに「そうか、深呼吸か」と言いながら、目の前のお菓子を手に取り食べだした。

「なかなか美味《うま》いな、コレ。訓練の後だから、丁度腹減ってたんだよな〜」

「これはウィルが私のために、カロリー控え目なお菓子を作るようパティシエ達に言ってくれて、特別に作ってもらいましたの」

そう言って、少し落ち込む。

出会いこそ最悪ではあったが、その後のウィリアムは、自分のために色々と心を砕《くだ》いてくれていたのに。自分は彼のために何をしただろうか？

もらってばかりで、何も返せていないのではないか？

そう思うとつい顔は俯きがちになり、また溜息をついてしまっているのだ。

ふと頭に重みを感じて顔を上げれば、そこには優しい顔つきで頭を撫でるチャラ男がいた。

「嬢ちゃんは元気なのが一番だからな」

「チャラ男の癖《くせ》に、生意気ですわ」

「お〜い、俺、嬢ちゃんより年上だから。それに、そろそろ名前覚えようや」

「あなたはチャラ男で十分ですわ」

「俺の扱い酷すぎじゃね？」

「……けど、頼《たよ》りにしてますわ」

「はいはい、仕方ねえから頼りにされてやるよ」

口の端を上げて、ニヤリと笑うチャラ男。

思わぬチャラ男の出現で、リリアーナは少しだけ気持ちが楽になった。

心の中で礼を言うが、絶対に口にするつもりはない。


「……ありがとう」

「どうした？　いきなり。変なモンでも食ったのか？」

エロテロリストことケヴィンは、通路で呼び止めたと思ったら急に礼の言葉を口にするモリーに驚きの表情を浮かべた。

「失礼ねっ！　そんなわけないでしょ！」

モリーは一瞬苛立《いらだ》ちに頬を膨らませるも、すぐに表情を戻すと不本意ながらも再度感謝の言葉を口にする。

「お嬢様のことよ。あなたのお陰で少しだけど、表情が柔らかくなったみたいだから。だから……ありがとう」

ケヴィンはモリーをジッと見てから、クシャッとモリーの頭を少し乱暴に撫でた。

「ちょっ、何するのよ！」

慌てて崩れた髪を手で直していく。

「ん～？　何か拗《す》ねてるみたいだからさ。あんたが嬢ちゃんの絶対の味方でいてくれるから、嬢ちゃんはちょっと落ち込むくらいで済んでるだろ？　俺は大したことをしたわけじゃない。一番の功労者はあんただよ」

モリーは瞬時《しゅんじ》に羞恥《しゅうち》に顔を朱く染めた。言われて気付いたのだ。

リリアーナを元気付けるのは他の誰でもない、自分でいたかったのだと。

そしてそれを目の前のチャラ男に言い当てられたことに、恥《は》ずかしいという気持ちと腹立たしい気持ちと、一番の功労者と言われて嬉しい気持ちが混ざって、どうしていいのか自分でも分からずに、微妙な表情を顔に浮かべる。

チャラ男ことケヴィンはニヤリとした笑みを浮かべると、

「じゃあな」

と言って、仕事に戻っていったのだった。

モリーはまだ少し崩れた髪を無意識に撫でながら、少しの間ケヴィンの後ろ姿を見送り、自分も仕事に戻るために踵を返した。

第4章　隣国の王女様の事情

王族として生を享《う》けたからには、恋《こい》など必要のないものだと理解している。

王国に、民《たみ》にとって利益のある相手に嫁《とつ》ぐことが、私の一番の仕事であると言われ続けてきた。ベルーノ王国では女性は王にはなれない。

どんなに才能があろうが、人望があろうが、女というだけで王位継承権《けいしょうけん》からは除外されるのである。他国に比べ、我が国は男尊女卑《だんそんじょひ》が強い。

ベルーノ王国は細長い形をした海に面する国で、漁業やそれによる水産加工物が有名なのだが、近年、塩害により木々や畑に多大なる被害《ひがい》を被《こうむ》ったのである。

それにより穀物《こくもつ》や野菜などが高騰《こうとう》し、少量ながらも採取出来ていた薬草も枯《か》れ果てた。

もともとベルーノ王国の土や風土が合わないためか薬草の栽培《さいばい》は難しく、野山に自生している少量の薬草を摘《つ》みきってしまわぬよう、国で管理していたのだが塩害から守ることが出来なかった。

そのため、病気になっても治療院《ちりょういん》へ気軽には行けない状況《じょうきょう》となっている。

民達は痩《や》せ細《ほそ》り、王都から遠く離《はな》れた村では、体力のない子どもやお年寄りが風邪《かぜ》をこじらせて亡《な》くなるという、悲しい知らせが私の耳にも届くようになった。

早急《さっきゅう》に何とかしなければ、この悲しい知らせはもっと増えていくことだろう。

一昨年王位を継《つ》いだ、まだ年若い弟はどうにも決断が遅《おそ》く、気が弱い。

私の意見など、彼の周りにいる目先の利益にしか目を向けないような連中に握《にぎ》り潰《つぶ》されるばかりで、力のない私は民のために何が出来るのかを、ずっと考えていた。

隣国《りんごく》であるザヴァンニ王国は、我が国より国土面積が広く、緑に囲まれた豊かな富んだ王国である。

先々代の王女が当時のベルーノ王弟へ嫁いだりと、互《たが》いに同盟国として良い関係を築いてきた。

その縁《えん》もあり、昨年病に臥《ふ》していた父王が亡くなる前に、塩害に対する援助《えんじょ》を申し出てくれたお陰《かげ》で、まだ我が王国はこの状況で済んでいる。

それでも塩害の影響《えいきょう》は長く、いまだ田畑は元のようには戻《もど》っておらず、自国で食糧《しょくりょう》を賄《まかな》うのは無理な現状なのだ。

けれども、いつまでも援助が続くわけではない。

今年になって、援助の打ち切りが決定した。当然といえば当然のことである。

他国に二年近くもの間、援助をし続けて頂いたのだ。感謝以外の何物でもないだろう。

（弟王の周りの連中は、感謝するどころかむしろ援助打ち切りを決定したザヴァンニ王国

を口汚《くちぎたな》く罵《ののし》っておりましたわね。本当にどうしようもない愚《おろ》か者《もの》どもですわ）

とはいえ、我が王国はこの二年の間に国力はかなり低下しており、今まで通りザヴァン二王国と同等の立場でいることは難しい。

今後は援助ではなく、両国の輸出入の条約を新たに結ぶことになったのだが。

食糧である米や野菜などはもちろん、薬の輸入量の増加は我が国にとって負担が大きい。

本来であれば、援助を受けていた二年の間に、何か対策を立てねばならなかったのだ。

それを我が王国は怠《おこた》り、ある意味自業自得な結果となったわけである。

薬草を薬にするには手間が掛《か》かる。

そのため薬草のまま輸入するよりも、薬での輸入は恐《おそ》ろしくコストが高くなるのだ。

ではなぜ薬草のまま輸入しないのかといえば、薬草は摘んで五日以内に加工しなければ、その効果はなくなってしまうからである。

日数的に薬草のままの輸出は無理なのだ。

正直、今の弟はあてに出来ない。私が何とかしなければ。

けれども、ベルーノ王国での私の力はないに等しい。

父が生きている間は、私の発言は父によって形になることもあった。

よく父王と、今後のベルーノ王国について語ったものだ。

水産加工品だけでなく、海岸沿いの立地を生かし、海路での貿易に力を入れるという話もしていた。

そのためには多少の嵐《あらし》にも耐《た》えられるような船が必要で、職人に造船技術を他国に学びに行かせる必要があるだとか。他にも色々と。

……父王が存命であれば、きっと今頃《いまごろ》は実現出来ていたのではないだろうか。

まあ、ここでたられば話をしても仕方がないとは分かっているけれど、どうにも諦《あきら》めきれないのだ。

民からの信頼《しんらい》や政治的手腕《しゅわん》は自分で言うのも何だが、弟より私の方が高いことは周知の事実ではある。けれど、私一人で国が回るわけではない。

どんなに素晴《すば》らしい案を出そうと、手足となって動いてくれる者がいなければ何もないのと一緒《いっしょ》である。

父と語った話は、弟王とその周りの貴族連中に一笑《いっしょう》に付されてしまった。

……そのために私はザヴァンニ王国へ来たのだ。

この国の王太子殿下《でんか》が婚約者《こんやくしゃ》を溺愛《できあい》しているという話は有名であるが、王族が何人も妻を持つのは当たり前のこと。

私がこの王国へ来た本当の目的は、王太子殿下の妻になることだ。

ザヴァンニ王国との太いパイプが出来れば、ベルーノ王国の民達は今よりもきっと、豊かな生活を送ることが出来るだろう。

そして王太子殿下の妻という立場になった私の意見を、ベルーノ王国は無視出来ない。

いずれウィリアム殿下が国王に即位《そくい》する時、血筋からいっても私が正妃《せいひ》となるであろう。

私は『正妃』という立場さえあればいいのだ。

恋だの愛だのはウィリアム殿下とその婚約者で好きにされたらいい。

今の婚約者を無下《むげ》にしたり追い出したりしようなどとは、全くもって考えていないし、むしろうまくやっていけたらと思っている。

ベルーノの民のため、未来の王妃《おうひ》の立場を得るために、ウィリアム様に全力でアピールしているつもりではあるのだけれど。

ウィリアム様は愛想《あいそ》もなければ笑うこともしない。

「ウィリアム様は休日はどのように過ごしていらっしゃいますの？」

と伺《うかが》えば、

「忙《いそが》しくて休みはないな」

で終わってしまう。気を取り直して、

「それはお疲《つか》れでございますわね。西方の国より入手致《いた》しましたカモミールティーは、疲れに効くだけでなく肌《はだ》トラブルにも良いらしいですわ。後程《のちほど》……」

一緒に、と続けようとしたのだけれど、

「それはリリーが好きそうだな」

一瞬《いっしゅん》だけ蕩《とろ》けるような笑《え》みを浮《う》かべ、すぐに元の無表情へと戻られてしまったのだ。

ならばと出来るだけ一緒の時間を過ごすために、ザヴァンニ王国の色々なところをこの目で見て勉強させてほしいとお願いしてみれば。

一応エスコートをしてくれてはいるが、仕方なく案内しているオーラを出しまくる。

(他の女性にもそのような感じでしたけど、婚約者であるリリアーナ様だけには、全く違《ちが》いましたわね。噂《うわさ》以上の溺愛っぷりですわ。ただ、リリアーナ様はアッサリというか何と言うか……)

私が毎日彼を独占《どくせん》していても、特に何も感じておられない様子だ。

(何だか張り合いがないわね。まあ、その方が私には都合が良いけれど)

いくらウィリアムがリリアーナを溺愛していようとも、自分はやるべきことをやるだけだと、気持ちを切り替《か》えた。


その日は薬学研究所の見学に、いつものようにウィリアム様のエスコートで向かったのだけれど、昨日から何やらご機嫌《きげん》な様子?

何と言ったらよいのか、いつものように不機嫌そうな顔なのだが、時々思い出したように一瞬だけフッと口《くち》の端《は》を上げる時がある。

これは私といるからなどではなく、きっとリリアーナ様との何かを思い出されているのだろうと思う。本当に、どれだけ溺愛しているんだかと呆《あき》れる。

もしかしなくても、正妃の立場を得るのは無理なのではないか……そんな考えが一瞬頭を過《よ》ぎるが、このまま視察だけして帰るなどあり得ないことである。

(わたくしは何のためにここに来ましたの？　ベルーノの民を救うためでしょう？　このまま何の成果もなくベルーノ王国に帰るなど、民達からの血税を無駄《むだ》に消費して旅行しただけになってしまう！)

そうは思っても、この見目麗《みめうるわ》しいウィリアム様は全く私を見てはくれないのだ。

というよりは、婚約者以外を見ていないし、全く興味もないのであろう。

せっかくの薬学研究所の視察もそんな思いにとらわれていたせいで、説明の半分も頭に入ってこなかった。

王宮へと戻ってきた時、ウィリアム様がある一点を見て急に立ち止まられたので、私も一緒に立ち止まる。

「リリー？」

声を掛けられたのは、少し前を歩く裕福《ゆうふく》な庶民《しょみん》の着るような服装をした男女の四人組で、その中の小柄《こがら》な女性が振《ふ》り返《かえ》ると、それはウィリアム様の婚約者であるリリアーナ様だった。

私は全く気付かなかったのに、この王太子殿下はよく気が付いたものだ。

リリアーナ様はこちらをジッと見て一礼すると、言葉を発することなくどこかへと行ってしまった。

(全然気にしていないと思っていたけれど……そうじゃなかったのかしら?)

ウィリアム様は彼女を追いかけようとしたが、私はあえて腕《うで》を絡《から》ませたままにした。

「リリーは今日、四阿《あずまや》でゆっくり本を読むと言っていたのに……」

(ブツブツと思考がダダ漏《も》れになっておりますよ? もしかして毎日リリアーナ様の行動を把握《はあく》しないと気が済まないとか思ってらっしゃるのかしら? 何だかリリアーナ様がお気の毒ですわね)

あの姿からして、リリアーナ様は王宮の外へ出ていたに違いない。

そしてこの時、私のアピールを散々無視してくれたお礼にちょっとだけ、本当にちょっとだけ、意地悪をしたくなってしまったのだ。

「可愛《かわい》らしい格好をしておいでですわね。どなたに会いに行かれたのかしら?」

どうせすぐにリリアーナ様が否定して、ウィリアム様がホッとされて終わりになると思っていた。

それがあんな大事《おおごと》になってしまうなんて。

……本当に、どうしてこうなったのかしら？

今私の目の前には、頭《こうべ》を垂れて小さくなってソファーに座るウィリアム様と、呆れたようにそれを眺《なが》めるマッチョな若者の姿がある。

このマッチョな若者は、いつもウィリアム様の側についている。

きっとウィリアム様の側近なのだろうが、正直彼の名前や役職など、全く覚えていない。

そんな彼が私の方を申し訳なさそうに見るので、

「お気になさらず」

と言って、傍観者《ぼうかんしゃ》に徹《てっ》することにした。

今は何だかこのおかしな状況を楽しみたい気分になったのだ。

「で、今度は何があってそうなった？　ポエムを笑って喧嘩《けんか》にでもなったのか？」

（ポエム？　リリアーナ様の趣味《しゅみ》なのかしら？　非常に気になるけれど、今は黙《だま》っておいた方がよさそうね）

ウィリアム様は少しだけ顔を上げてマッチョを見ると、また頭を垂れてポツリポツリと力なく話し始めた。

「リリーが逃《に》げた理由を聞こうと思ったんだ。いつものようにサラッと、なんで逃げたのか聞くつもりだったんだが。直前になって、誰《だれ》か他の男と会うために出掛《でか》けたのかもと想像してしまって、ついキツい物言いをしてしまった……」

「リリー、説明してもらえるかな？」

真顔で固い口調になってしまったが、いつもならば素直《すなお》に説明してくれるはずのリリアーナは、

「べつに。特に説明するようなことはありませんわ！」

面白《おもしろ》くなさそうにプイッとそっぽを向いてしまったのだ。その瞬間《しゅんかん》、頭が真っ白になった。

やはり誰か他の男に会うために出掛けていたから、私には説明出来ないのだろう、と。

まともに働かなくなった頭を何とか少しでも働かせ、その場から逃げるように、

「そう、私には説明する必要もないと言うんだね」

そう言って立ち上がり「分かった」と、何が分かったのか自分でも分からないまま、自分の部屋へと戻ったのだ。

その間、リリアーナからは引き留める言葉が何もなかった。

それが自分にはショックだったと、項垂《うなだ》れるようにしながらウィリアム様は言った。

悶々《もんもん》とした夜を過ごされたようで、一睡《いっすい》も出来なかったのか目の下にはクマが出来ている。

早々に自分の部屋を出て朝食も摂《と》らず、とりあえずマッチョと合流して人目のない専用の応接室に来て、今に至ると。

「「ハァァ……」」

思わず溜息《ためいき》がマッチョと被《かぶ》ってしまう。全くもって情けない。

ウィリアム様に対して特に恋愛《れんあい》感情があるわけではないからこそ、呆れてしまう。

来賓《らいひん》である私の目の前で取《と》り繕《つくろ》うのも忘れ、リリアーナ様のことを吐露《とろ》してしまうほど弱っているなんて。

しかもその内容が、あまりにも大したことではないことに、余計に呆れる。

そんなに後悔《こうかい》しているのなら、サッサと謝ってしまえばいいのに。

チラリとマッチョの方を見れば、彼もだいたい私と同じようなことを考えているようで、痛いモノを見る目でウィリアム様を見ていた。

「これだから恋愛初心者は。他の男に会うとか、そんなんお前の勝手な妄想《もうそう》、思い込みだろ？　お前の婚約者なら精々王宮抜《ぬ》け出《だ》して街で食べ歩きとか、評判の店でたらふく食べてきたくらいのもんじゃねえの？　少し頭冷やせよ。そんなんじゃ愛想尽《つ》かされても知らねえよ？」

……どちらも食べることしか理由になっておりませんわね、とは口にしないでおく。

マッチョの中で、リリアーナ様はどれだけ食《く》いしん坊認定《ぼうにんてい》されているのでしょうね？

「本当にそうですわね。それにこの場所の選択《せんたく》も悪手ですわ。確かに応接室に人目はあまりないですが、全くないわけではありませんのよ？　もし使用人やら何やらを通じてリリアーナ様の耳に入るようなことがあれば、彼女はどう思われますかしら？」

「……」

「とにかく、二人でキチンと話をしろ。こういうのは時間が経《た》てば経つほど面倒《めんどう》くさいことになるんだからな。それと格好悪いからって変に誤魔化《ごまか》したりするなよ？」

「ああ、分かった。今から戻って……」

「いや、これから仕事だから。終わってからにしろ」

「……」

「そんな目で見ても無駄だからな。今夜、キチンと話せ」

恨《うら》めしそうにマッチョを見ていたウィリアム様は、一つ大きな溜息をついた。

きちんとリリアーナ様と向き合うことを決めたのか表情を引《ひ》き締《し》め、そして私の方へと視線を向けると、謝罪の言葉を口にした。

「朝早くからすまなかった。それに、こんな話をしてしまって……」

「いえ、私は朝型人間ですから。この時間にはいつも本を読むか、散歩しておりますので、お気になさらず。リリアーナ様と無事仲直り出来ますよう、応援《おうえん》しておりますわ」

まぁ、面白いものを見せて頂いた。

少し前までは『氷の王子様』と言われていたこの王太子殿下が、婚約者の前でだけはこんなに情けないただの男になる姿など、なかなか見られるものではない。

と、そこまで考えてふと思い出す。

(私、この王太子殿下の正妃になろうとしていましたのよね？　もしかしなくても、この隙《すき》に割り込むチャンスだったのでは？　それなのに私はマッチョと一緒に相談に乗って、そのチャンスを不意にしてしまった、と。あぁぁぁぁぁぁああ、何をやっていますの？　私は！)

心の中で、先程《さきほど》のウィリアム様のように頭を垂れる。

……まぁ、いいですわ。人を陥《おとし》いれてのし上がるというのは好きではありませんもの。

幸いにも相談相手の座は一応手にしたようなものですし？

そこから信頼を得て正妃の座を手に入れるなど、やり方はまだまだありますものね。

「……」

夕食が終わり、リリアーナはウィリアムと一緒に応接室へ向かう。

気持ちいつもよりも歩みが遅い気がするが、きっと気のせいではないだろう。

応接室へ入りソファーに並ぶようにして腰掛《こしか》けるが、その距離《きょり》はいつもより拳《こぶし》二つ分程離れている。

それが今現在の二人の距離感を表しているようだ。

いつもと違う距離感に、最初に耐えられなくなったのはやはりというか、ウィリアムだった。

「リリー？」

ウィリアムに呼ばれ、リリアーナは俯《うつむ》きがちだった顔を上げ、ゆっくりと視線をウィリアムの方へと向ける。

「……はい」

昨日の自分の態度を謝罪しなければと思うものの、今回ばかりは持ち前の妄想力が悪い方に働いている。ウィリアムが別れの言葉を口にするかもしれないと、リリアーナは緊《きん》張《ちょう》によって手汗《てあせ》をかき、声も硬《かた》くなった。

「その、何だ。昨日は……すまなかった」

リリアーナの妄想と違い、ウィリアムは謝罪の言葉を口にすると、頭を下げた。

「へ？」

まさか先に謝罪をされるとは思ってもいなかったために、思わず間抜《まぬ》けな声が出てしまったが、そんなことはどうでもいい。

なぜ彼が謝罪する必要があるのか。謝罪が必要なのは、自分の方であろう？　と思う。

そしてリリアーナの妄想力がまた悪い方に働いたのだ。

謝罪の後の言葉はきっと『やはりマリアンヌ王女と一緒になるから、別れてくれ』と続くに違いない……と。

「やっぱりウィルも、ボン・キュ・ボンの方がよかったのですわね」

「……は？」

謝罪をしたらなぜかボン・キュ・ボンの話をされたウィリアムは、意味が分からずリリアーナを凝視《ぎょうし》すると、彼女の大きな瞳《ひとみ》に涙《なみだ》の膜《まく》が張られていくのが分かった。

ウィリアムは今までにリリアーナの涙を見たことなど、一度もなかった。

とても表情豊かな彼女ではあるが、どんなに辛《つら》そうな時も、顔を歪《ゆが》めることはあっても、涙だけは絶対に見せなかった。

その彼女が今、目の前で涙を浮かべているのだ。

「え？　リリー？　どうして涙を浮かべているんだ？　その、ボン・キュ・ボンはどこから出てきたんだ？」

「先日の歓迎《かんげい》パーティーで、ですわ。マリアンヌ様の見事なボン・キュ・ボンを前にしたら、流石《さすが》の『氷の王子様』もイチコロで、ウィルと私ではライオンとウサギのようだと、どこかのご子息が言っておりましたわ……。ウィルとマリアンヌ様はお似合いだけど、私では釣《つ》り合っていないように見えるんですわ」

正確に言えば『ボン・キュ・ボン』ではなく『見事なスタイル』であり、『イチコロ』などという言葉は出てきていなかったのだが。

「はぁ？　誰だ、そんなことを言った奴《やつ》は！　確かに初めは小動物のようで可愛らしいと思っていたが、今は一人の女性としてこんなにも愛しているのに！」

全くもってスマートさの欠片《かけら》もないが、それがかえってウィリアムらしいと言えるだろう。ダニエルが見たらきっと「この恋愛初心者が」と呆れるだろうが。

しかし、リリアーナの悪い妄想は止まらない。

感情が昂《たかぶ》って、こんなことを言いたくないのに勝手に口から出てしまう。

「だ、だって、ウィルはマリアンヌ様の方がよいのでしょう？　先程の謝罪の言葉の後には、だから別れてくれと続くのだわ！」

「はぁぁぁぁあああ？」

それはおよそウィリアムらしくない叫《さけ》びであったが、リリアーナの斜《なな》め上をいく発想というか妄想に驚《おどろ》くしかなかった。

そして驚きの後にはリリアーナに対して怒《いか》りの感情が湧《わ》いてきた。

「なぜ私がリリーと別れなければいけないんだ？」

「ですからそれは、マリアンヌ様と……」

「私は常にリリーだけに愛情を向けてきたというのに、それがリリーには全く伝わっていなかったというわけだ」

「え？　あの……ウィル？」

雲行きが怪《あや》しくなってきたことに気付き、涙も引っ込んだリリアーナ。

ウィリアムは口角を上げて優《やさ》しい微笑《ほほえ》みを浮かべてはいるが、目の奥は全く笑っていないという、いつも以上に恐ろしい笑顔《えがお》になっている。

ゆっくりとした動作で、ウィリアムはリリアーナの頬《ほお》を両手で包み込んだ。

「ねえ、リリー？　私の最愛の人はリリーなんだよ？　私の隣《となり》はリリーの指定席じゃなかったのかい？」

リリーの指定席と言われ、再度リリアーナの瞳に膜が張られていく。

「そ、その私の指定席だったところには、い、いつも、マリアンヌ様がい、いるじゃ……」

ダムが決壊《けっかい》したように、次から次へと溢《あふ》れてくる涙。泣き顔を見られたくなくて、下を向きたくても、ウィリアムに両手で頬を包み込まれているためにそれも叶《かな》わず。そのままハラハラと涙を流す。

「リリー？」

「い、いつもいつも、ウィ、ウィルの、腕に……マ、マリアンヌ様のう、腕、腕が、ふぅう……」

「あ、あれは、エスコートしているだけで……」

「分かってます。で、でも、そこは、わた、私の場所なのにぃぃぃ」

「リリー……」

「ウィ、ウィルは私の、私だけの婚約者なのにぃぃぃ」

リリアーナはそう言って泣き続ける。

およそ淑女《しゅくじょ》らしさの欠片もないけれど。

ウィリアムは初めてリリアーナの心の内側を覗《のぞ》けた気がした。

先程自分の気持ちを信用されていないと感じた怒りは霧散《むさん》し、今まで以上に彼女に愛《いと》しさを感じている。

頬を包み込んでいた両手を一旦《いったん》放し、リリアーナをギュウッと抱《だ》き締める。

ウィリアムはリリアーナを溺愛している。

これは誰もが知っていることであるが、ウィリアムがリリアーナを想《おも》うほどに、彼女は自分のことを想ってくれているのだろうかと、どこか不安な気持ちがあったのだ。

マリアンヌ王女の対応で一緒に過ごす時間を取ることが出来なくても、リリアーナはまるで気にしていないように見えた。

だから寂《さび》しい想いをしているのは自分だけなのではと落ち込んでいたのだ。

けれど自分を想って泣く彼女の姿が目の前にある。自分はちゃんと想われていたのだ。

あまりの喜びに軀《からだ》は震《ふる》え、幸せで泣きたい気持ちになることもあるのだと、ウィリアムは初めて知った。


……どれほどの時間、そうしていたのか。

ようやくリリアーナの涙も落ち着き、ウィリアムは抱き締めていた腕を解《ほど》く。

俯くリリアーナの頬を両手で包み込み、自分と視線を合わせるように優しく上を向かせる。泣きすぎてリリアーナの目と鼻の頭は真っ赤になっており、瞼《まぶた》も腫《は》れてしまっている。

睫《まつ》毛《げ》は涙で湿《しめ》っており、お世辞にも可愛いとは言いがたいけれど、ウィリアムには誰よりも可愛らしく魅力的《みりょくてき》に見えた。

赤くなった両瞼に、そして鼻の頭に優しくキスを落とし、リリアーナの額に自らの額をコツンと合わせる。

「リリー？　こんなに泣かせてしまって、すまなかった。だが、リリーが私のことで嫉妬《しっと》して泣く姿を見て、私はとても、とても嬉《うれ》しかったんだ。嫉妬するほど、私を想ってくれているということだろう？　氷の王子様だなんて呼ばれていたって、ダニエルに言わせればただの恋愛初心者だ。気の利《き》いた言葉一つ言えない情けない私だが……。正直リリーが他の男と話をしているだけでも嫉妬するし、出来ればどこかに閉じ込めて、誰の目にも触《ふ》れさせないようにしたいと思ったこともある。私は自分が思った以上に嫉妬深かったらしい。……格好悪いだろ？」

ウィリアムはハハッと自虐的《じぎゃくてき》な笑みを浮かべる。

「そんなことありませんわ！　出会いは最悪でしたけれど」

「出会いは最悪……」

身に覚えがありすぎるウィリアムはダメ出しをくらい、何度目かの頭を垂れた。

「始まりはウィルの『コレでいい』発言からでしたわね。適当に選ばれた婚約者なのだからと、随分《ずいぶん》悩《なや》みましたけど……。想いが通じ合ってからは、ウィルはいつも私のために心を砕《くだ》いてくれましたわ。私の方こそ、いつもしてもらうばかりで、ウィルに何も返せておりませんもの。甘えるばかりで、格好悪いのは私の方ですわ」

リリアーナの言葉に、ウィリアムは垂れていた頭を勢いよく上げた。

「今更《いまさら》だが、あの時に言った『コレでいい』は本当に失礼すぎる言葉だった。すまなかった。今もこの先もずっと、私にはリリーだけだ。リリーだけを想っている」

「私も、ウィルだけを想っておりますわ」

二人は微笑み合い、ウィリアムはゆっくりと、リリアーナの額に仲直りのキスをした。

そしてホッとしたのも束《つか》の間《ま》。

「そうだ、リリー？　私がいない間に何をしていたのかな？　ん？」

ウィリアムが思い出したように言った言葉に固まるリリアーナ。

「な、何ノ事デゴザイマショウ？」

せっかくの甘い雰囲気《ふんいき》をもう少し堪能《たんのう》したかったリリアーナだが、まさか今ここでそれを聞かれるとは思いもしなかったため、激しく視線が泳いでいる。

ウィリアムお得意の目だけが笑っていない笑顔が、目の前に近付いてくる。

鼻が触れそうな位置で止まると、

「毎日随分と楽しそうにしていたね？」

そう言って拗《す》ねたような表情を浮かべたウィリアムを、リリアーナは少しだけ可愛いと思った。

「その、ちょっとだけ王宮を抜け出して、美味《おい》しいものを食べたり大道芸なるモノを見てきただけですわ」

「他の男と会ったりはしていない？」

「まさか！　そんなことはしませんわ」

正確に言えば、男ではなく男の子には会ったが。

そのことを相談しなければと、リリアーナは思い出した。

「……次はウィルと一緒に行って、私が色々と説明して差し上げますわね。芸達者な者達がたくさんいて、その周りには人垣《ひとがき》が出来ておりますのよ」

ウィリアムは心配事がなくなって、ほっと胸を撫《な》で下《お》ろした。

「一緒に……そうか、その日が楽しみだな」

ウィリアムは綺麗《きれい》な笑顔でリリアーナをそうっと抱き締めた。

冷やしたタオルを持ってくるようにウィリアムがモリーに指示を出す。

そして扉《とびら》の内側でウィリアムが直々にそれを受け取ると、リリアーナのところに持っていく。

「リリー、これで目を冷やすといい」

「ありがとうございます」

リリアーナは早速《さっそく》タオルを受け取ると、両瞼に当てる。

「ふぁぁ！　冷たくて気持ちいいですわ」

「そうか、それはよかった」

ウィリアムはリリアーナをヒョイと持ち上げると、自分の膝《ひざ》の上に横向きに座らせた。

「うひゃぁ！」

タオルで視界が塞《ふさ》がれた状態でいきなり持ち上げられ、リリアーナが驚きの声を上げる。

「もう、ウィル。膝に乗せるなら一言言ってくださればよろしいのに。いきなりでは驚きますわ」

「ははは、悪かった。でもこの方がリリーを抱き締めやすいからな」

全くもって悪いなどと思っていないのが丸分かりだが、いつものことと甘えるようにウィリアムに寄り掛かる。

「そうですわ、ウィル。私、ウィルに相談がありますの」

「相談？　何かな？」

「ええ、チャラ男を私にくださいませ」

「……リリー？」

自分を呼ぶその声がとても低くなったことで、今までの機嫌の良さがまるで嘘《うそ》だったとでもいうように一気に急降下したのが分かり、慌《あわ》てて訂正《ていせい》する。

「言い間違《まちが》えましたわ！　チャラ男を私付きの騎士《きし》にしてくださいませ、ですわ！」

「……どうしてか聞いても？」

「昨日街で貧しい子ども達に会いましたの。その時に彼らに読み書きと計算を教える約束をしたので、教える場所を探すのと、私と一緒に先生役をしてくれる方を探さねばなりませんの」

「その話は初めて聞いたが……。ケヴィンが先生役をするのか？」

「ケヴィン？　誰ですの？　それ」

「チャラ男というのはケヴィンのことではないのか？」

「あの方ケヴィンと仰《おっしゃ》るの？　今初めて知りましたわ」

「一緒に出掛けたのだろう？　名前も知らずに何と呼んでいたのだ？」

「え？　チャラ男はチャラ男ですわよ？」

何かおかしなことでも？　とでも言いたげに首を傾《かし》げるリリアーナ。

ウィリアムは呆れたように見ながら小さく溜息をつくと、仕方ないとでも言うように頭を撫でた。

「リリー、ちゃんと名前で呼んでやりなさい」

「……分かりましたわ」

「で、ケヴィンに先生役とやらをやらせる気なのか？」

「まさかっ！　彼には連絡《れんらく》役をお願いしておりますの。子ども達には場所が見つかったらチャラ……ケヴィンから連絡させることになっておりますわ」

「そうか」

ようやくウィリアムからピリピリした感じがなくなり、ホッと胸を撫で下ろす。

ウィリアムは少し考えるようにして、それから。

「では明日、一緒にその場所を見て決めてこよう。時間が余ればそのままデートしようか」

どうやら機嫌は直ったようである。

「急なお話ですが、お仕事はよろしいんですの？」

「ああ、特に急ぎのものはないから大丈夫《だいじょうぶ》だ。……多分」

最後の一言はあまりにも小さかったため、リリアーナは気付かなかった。

「うふふ、久しぶりのデートですわね。楽しみですわ」

メインが教室を探すことからデートに変わってしまっているが、とりあえずリリアーナが考えていたことが形になりつつある。

「そうと決まれば、その瞼をどうにかしないとだな。しっかり冷やさないと」

「そうですわ！　こんな腫れ上がった顔では外に出られませんわ」

再びタオルを冷やしに行くウィリアム。

その後寝不足《ねぶそく》にならないようにと、互いの部屋へ戻る二人であった。

「まだ少し腫れておりますが、これくらいならメイクでどうにかなりますよ」

「本当？　よかったですわ。モリー、お願いね」

「畏《かしこ》まりました。……お嬢様《じょうさま》」

「なぁに？　モリー」

「仲直り出来て、よかったですね」

「ええ、ありがとう。でも喧嘩はもう懲《こ》り懲《ご》りですわ」

「喧嘩大好きなどと言われても困りますけどね」

「うふふ、そうね。でも朝起きて、あの仲直りは私の願望が作り出した夢だったのかしらって、少し不安だったのよ？」

「まあ」

何だかんだ言いながらも、今日はウィリアムと街へ出掛けることを伝える。

リリアーナはモリーに良い結果を伝えることが出来てホッとした。

しかし、その一方でウィリアムには言えずにいた、マリアンヌ王女が自分だけに見せる表情や目線と『王太子妃《ひ》の座を狙《ねら》っている』という噂が、心の中でまだ少し引っかかっていた。

その頃ウィリアムの部屋では。

「その顔、どうやら仲直りが出来たみたいだな」

「ああ、お陰《かげ》さまでな。それで今日はリリーと街へ行くことになった」

「は？」

ダニエルが驚きに目を大きく見開いて振り返る。

「リリーが街で貧民街《ひんみんがい》の子ども達と知り合ったようでな。その時に読み書きと計算を教える約束をしたんだそうだ。その場所を決めに行くから、幾《いく》つか良さそうな物件をリストにしてくれるか？」

「読み書きと計算……それはとてもいいことだとは思いますがね。今日の仕事はどうなさるおつもりで？」

「ん？　何のために優秀《ゆうしゅう》な部下がいると？」

「優秀なのは分かってますがね。結局俺に丸投げじゃねえか！　ったく、余計な仕事を割り振られた奴らに土産《みやげ》くらい買ってこいよ」

「ああ、奮発して買ってこよう」

昨日とは打って変わってご機嫌な様子のウィリアムに、心配していたこの幼なじみは何だかんだ言いながらも喜んでいるのだ。

「そうだ、今後ケヴィンをリリー付きの護衛に加えることにしたから、手配を頼《たの》む」

「は？　あのエロテロリストを、ですか？」

「ああ。どうやらリリーが、出会った子ども達との連絡役を押し付けたようでな。リリーからお願いされた」

「はあ、連絡役を。ま、腕はいいですけど、大丈夫ですかね？」

「多分大丈夫だろう。しっかり護《まも》るように言っておけ」

「了解《りょうかい》」

肯定《こうてい》しながらも、ケヴィンの抜けた穴を埋《う》める補佐の候補をまた検討しなければならないことに、小さく溜息をついたダニエルなのだった。

第5章　リリアーナ、ウィリアムとお出掛け

朝食を一緒《いっしょ》に頂き、ウィリアムを一度仕事へ送り出してからリリアーナは出掛《でか》ける準備をする。

しばらくして、結構な人数の騎士《きし》達を連れたウィリアムとダニエルが部屋へと入ってきた。

「今日の護衛は俺、ダニエルと……とケヴィンの八名。うち直接付くのは俺とケヴィンとマーティンとエディー、他四名は少し離《はな》れてついていく」

あらかたの説明をダニエルから受け、お出掛けスタートである。

王家の紋《もん》入りの馬車ではなく、少し地味目の馬車へと乗り込む。

外見は地味でも中はやはりというべきか、ハイスペックな仕様になっているので、乗り心地《ごこち》は最高である。

街の噴水《ふんすい》近くは大変混雑するため、迷惑《めいわく》にならぬよう少し離れたところで馬車を停《と》め、そこから徒歩で向かうのだ。

ウィリアムとリリアーナの前にはマーティンとエディーが、後ろにはダニエルとケヴィ

ンがいる。他の四名は人混みにうまく紛《まぎ》れているようで、どこにいるのかは分からない。

「そういえば、今日は噴水前広場では何をやっているのかしら？」

リリアーナが思い出したように呟《つぶや》けば、後ろにいるケヴィンが楽しそうにそれに答える。

「今日は嬢《じょう》ちゃんの好きそうな屋台が並ぶ日だぜ」

「屋台！　ウィル、後で寄ってもよろしいかしら？」

目をキラッキラさせて見つめてくるリリアーナに、ウィリアムは可愛《かわい》くて仕方がないといった風に目尻《めじり》を下げる。

「ああ、リリーの好きなだけ食べるといい」

「まあ、好きなだけ食べていたらまた太ってしまいますわ」

それを耳にしたケヴィンが隣《となり》のダニエルにコソッと聞く。

「なぁ、またってことは、嬢ちゃん前に太ってたのか？」

「それは聞かない方がいいと思うぞ。細かい三つ編み頭にされたくなかったらな」

ダニエルは遠い目をしながらそう呟く。

「ああ！　殿下《でんか》とお前のあの頭って、犯人はやっぱり嬢ちゃんか！　あ〜、あれはマジ勘《かん》弁《べん》だな。聞かなかったことにするわ」

「賢明《けんめい》だな」

そして二人は黙《だま》ってウィリアムとリリアーナの後ろをついていく。

本日の目的である、子ども達が学ぶための教室の候補は四件。

まず今向かっているのは、噴水広場の前に連なる商店の一番端《はし》にある、空き店舗《てんぽ》である。

書類によれば、そのままでは使えないので改装することになるが、立地的には一番良いとのこと。

次に噴水広場の一本隣の道沿いにある一軒家《いっけんや》。

こちらも立地的にはなかなか良いが、所謂狭小住宅《いわゆるきょうしょうじゅうたく》というもので、一部屋に入れる人数が限られているため、一度にたくさんの子ども達を教えることは難しいであろう。

残り二件は噴水広場から少し離れてしまうが、少し大きめのお屋敷《やしき》だ。

広さは十分ではあるが、この広さを管理するためには複数の使用人が必要となるだろう。


まず一件目に到着《とうちゃく》。

この空き店舗は奥に向かって細長い形をしている。

元は精肉店だったとのことで大きな窓はなく、小さな窓が幾《いく》つかあるくらいで、灯《あか》りを点《とも》さなければ薄暗《うすぐら》い。

二階部分というより屋根裏部屋と言った方がしっくりくる空間は天井《てんじょう》がとても低く、主に荷物置き場的な使われ方をしていたようだ。

広さとしては申し分ないが、書類にあるように大幅《おおはば》なリフォームが必要になるであろう。

それでもこの物件をじっくりと見たリリアーナは一人何度も頷《うなず》く。

「ウィル、私ここがいいですわ」

「リリー？　あと三件候補があるから、全てを見てから決めたら……」

「ここがいいですわ！」

ウィリアムの言葉に被《かぶ》せるようにして、リリアーナはニッコリとこの物件を推《お》す。

「理由を聞いても？」

「流石《さすが》にこのままでは使えませんから、大幅なリフォームが必要になりますわ。ですが、ここを見た瞬間《しゅんかん》にパッと頭に浮《う》かんできましたの。ここで学ぶ子ども達の姿が。窓を大きくとり、二階部分をなくせば、とても明るく開放的な空間になりますわ。それにここなら子ども達も安全に通いやすいですわ」

商店街の一番端とはいえ人目は多く、比較的《ひかくてき》安全な場所には違《ちが》いない。

しっかりリフォームさえすれば、一番条件の良い物件であることは確かだ。

「本当にここでいいのか？　後で他の物件も見ればよかったと後悔《こうかい》はしないか？」

「見てもいないものとは比べられませんから、後悔など致《いた》しませんわ」

「そ、そうか。分かった」

こうと決めたら一直線なリリアーナには、最早何を言っても無駄《むだ》であることはウィリアムにも分かっていた。

自分の目から見ても悪くないと思ったのもあり、この物件に決めた。

決まってしまえば後は早い。

業者の手配や教師役の募集《ぼしゅう》に関してはダニエルに任せ、ケヴィンにはこの場所に決まったことを子ども達に伝えてもらう。

リフォームが済んでからとなるので、教室を開くまでにはもう少し時間が掛《か》かるが、ちゃんと進んでいることが分かれば、子ども達も安心するだろう。

「あっという間に決まってしまったな。残り時間はたっぷりあるから、どこか行きたいところがあれば言ってくれ」

「私は屋台と小物のお店に行きたいですわ」

「では先に小物の店に行くとしよう」

予定よりも随分《ずいぶん》早く教室の場所を決めてしまったため、昼ご飯の時間にはまだ早すぎると、まずは雑貨店から向かうことにした。

「ふわぁぁぁ、可愛い小物がいっぱい……」

リリアーナは吸《す》い込まれるように店の中へと入っていく。

騎士全員を引き連れて中へ入るわけにもいかず、ウィリアムはケヴィンだけを連れて中へ入っていった。店舗の前面にはガラス扉《とびら》と大きな窓があるので、中の様子が窺《うかが》える。

ダニエルと他の護衛二人は店の外で待機し、他の四名は更《さら》に少し離れた場所から警戒中《けいかい》である。

「……スッゲ～居心地悪いんすけど」

「奇遇《きぐう》だな、私もそう思っている」

こういった可愛い小物を扱《あつか》う店は、女性の客が多い。というより、ほぼ女性客しかいない。そんな中に見目の良い男二人がいれば、目立つことこの上ない。

中にいた女性客の目が二人に向いたとて、仕方のないことだろう。

二人に視線が向かないのは、小物に夢中になっているリリアーナくらいのものだ。

「嬢ちゃん、ご機嫌《きげん》だな」

「ああ、そうだな。リリーが満足するまでここから出られないから、覚悟《かくご》しておけ」

「うげっ、マジかよ」

本来であれば王太子殿下に対してこのような言葉使いは不敬にあたるのだが、何だかんだウィリアムもこのチャラ男ことケヴィンのことを気に入っているので、特に言葉遣《ことばづか》いに対して何かを言うことはない。

ダニエル以外で気楽に付き合える、数少ない人材である。

店の中で男二人が小さくなっていることなどには全く気付かず、店内を何周も回り隅《すみ》から隅までチェックした後。

ようやく満足のいく買い物を終えて、笑顔《えがお》で店から出てくるリリアーナと、その後ろをゲッソリとした顔で出てくる男二人。

外で待機していたダニエル達は、待機組でよかったと心の中で安堵《あんど》の溜息《ためいき》をついた。

気が付けばそれなりの時間が経《た》っており、そろそろお昼の時間である。

今日のお昼は、リリアーナが楽しみにしている屋台で済ませる予定なのだ。

屋台がひしめく中に飲食スペースがあり、テーブルと椅子《いす》が置かれたその場所は、もう半分以上が埋《う》まっている。

席は空いたら座ればいいということで、ゆっくり屋台を見ることにした。

「屋台は三日月の丘《おか》に二人で出掛けて以来ですわね」

リリアーナはウィリアムとの初デートを思い出していた。

「あの時の串焼《くしや》きは、とても美味《おい》しかったですわ」

「そういえば、リリーは串焼きばかりに手が伸《の》びていたな」

懐《なつ》かしい話に花が咲《さ》く。とは言っても、そこまで昔の話ではないが。

「初めての屋台でしたから、見るもの全てが新鮮《しんせん》で。とても楽しかったですわ。もちろん今も楽しんでおりますけれど」

うふふ、と笑うリリアーナに、ウィリアムはこれ以上ないほどに目尻を下げている。

「ウィル。串焼きのいいにおいがしますわ！」

リリアーナが瞳《ひとみ》を輝《かがや》かせて、ウィリアムを見上げる。

「では、これを十本」

ウィリアムはリリアーナが興味を示したものにその都度指示を出し、マーティンかエディーのどちらかがそれを購入《こうにゅう》していく。

全ての屋台を見終わる頃《ころ》には、エディーの両手はいっぱいになっていた。

飲食スペースへ行ってみると、若干《じゃっかん》だが席は空いている。

運良く端の方にいた団体が席を立ったので、そちらに向かう。

テーブルにはリリアーナが興味を示した数々の美味しそうな食べ物が並べられ、それを眺《なが》める彼女はとても楽しそうである。

王宮で食べる素晴《すば》らしい料理も美味しいけれど、やはりこういった食べ物は外で食べると特別美味しく感じるものである。

「リリー」

並んで座っていたウィリアムに呼ばれて顔をそちらに向ければ、眩《まぶ》しいほどの笑顔でフォークに刺《さ》したお肉を口元に近付けてくる。

いつもの調子でついパクッとするが、口の横についてしまったソースを「ついてる」と言って親指で拭《ぬぐ》い、ウィリアムは何事もないようにペロッとなめる。

妙《みょう》に色気漂《ただよ》うその仕草に、リリアーナは真っ赤になって俯《うつむ》き、ウィリアムはそんなリリアーナの頭を満足そうに撫《な》でる。

そんな様子を目にし、どこか遠い目をしながらケヴィンがダニエルに話しかける。

「なぁ、糖度高すぎじゃね？」

「リリアーナ嬢限定でな」

「うえ～、俺口から砂糖吐《は》きそう」

「安心しろ、そのうち慣れる。……多分」

その後もウィリアムの「あ～ん」は続き、テーブルの上の食べ物がなくなる頃には、ケヴィン達はゲッソリとした顔をしていた。

「リリー、どこか行きたいところはあるか？」

「甘いものが食べたいですわね」

「甘いものか……」

「そうですわ、カフェに行きませんか？」

「行きたいカフェはあるのかい？　それともカフェならどこでもいい？」

「美味しいデザートがあるのなら、どのカフェでもいいですわ」

「ダニー、知っているか？」

ウィリアムはリリアーナからダニエルの方へ視線を移す。

聞かれたダニエルは横のケヴィンに視線を向ける。

「ケヴィン、お前なら知ってるよな？」

「まぁ、女の子に人気のカフェなら知ってるけどな。嬢ちゃんが食べたいのはケーキか、パフェか、パンケーキか、それとも他のデザート？」

リリアーナはケヴィンの口から出されるデザートの名前に目をキラキラさせる。

「どれも捨てがたいですが、美味しいパフェが食べたいですわ！」

王宮の食事ではデザートにプリンやケーキなどが出てくるのだが、パフェは流石に出てこない。せっかくならば、普段《ふだん》食べられないものを食べたいと、パフェを選んだのだ。

「パフェだな？　了解《りょうかい》。早速《さっそく》向かうか？」

「ああ、案内を頼《たの》む」


今度はダニエルとケヴィンがウィリアム達の前に、マーティンとエディーが後ろにつくことになった。

噴水のある広場から少し歩いたメイン通りより一本入ったところにある、落ち着いた雰《ふん》囲気《いき》のカフェ。

このカフェは個室があるらしく、そちらに案内してもらう。

メニューにはパフェだけでも二十種類程あり、季節限定ものが幾つもある。

楽しそうにメニュー表を見ているリリアーナを、ウィリアムはご機嫌な様子で見つめる。

「ねえ、ウィル見てください。すごく大きなパフェがありますわ！」

リリアーナが指差したのは、タワーパフェなるものだった。

このカフェの話題のメニューである。

「本当だな。せっかくだからこの話題のパフェを頼んで、一緒に食べようか？」

「はい！」

ダニエル達はデザートの注文はせず、紅茶だけ頼んでいた。

リリアーナが本当にそれでいいのかと聞けば、皆《みな》なぜか遠い目をして胸焼け中との返事が返ってくる。

胸焼けするほど食べていただろうかと不思議に思うものの、きっと勤務中だからそう言って遠慮《えんりょ》しているのだろうと、勝手に納得《なっとく》していた。

まさかウィリアムの「あ〜ん」が原因だとは夢にも思っていないリリアーナである。

「おっ……きいですわね」

「大きいな」

リリアーナの前に置かれているタワーパフェ。流石話題メニューなだけある。

いざ目にすると、想像以上に大きかった。

ウィリアムはいつものようにリリアーナをヒョイと持ち上げて自らの膝《ひざ》の上に乗せる。

個室とはいえまさか王宮の外でもされるなどとは思わず、リリアーナは完全に油断していた。

「え？」

とても驚《おどろ》いた顔をしている彼女に対し、ウィリアムは満面の笑《え》みを浮かべる。

そしてタワーパフェ用の長いスプーンを手にすると、一口分をすくってリリアーナの口へと持っていく。

「ほら、リリー。口開けて？」

真っ赤な顔をしながらも、こうなったウィリアムは引かないことを知っているので、仕方なく口を開ける。パフェはとても美味しかったのだが、タワーパフェと言うだけあって大きいので、いくら「あ～ん」をされてもされても、なかなか嵩《かさ》が減らない。

ウィリアムにとっては至福の、リリアーナにとっては羞恥《しゅうち》の、護衛騎士にとっては胸焼けの時間がただひたすら続いたのだ。

(普通《ふつう》のパフェにすればよかった……)

久しぶりの羞恥プレイに、穴があったら入りたい気持ちになるリリアーナであった。

その後、ウィリアムに仕事を押し付けられた気の毒な者達へのお土産《みやげ》を買いがてら色々な店を見てまわり、大満足で王宮へと戻《もど》る。

「お帰りなさい。デートはどうでしたか？」

リリアーナの着替《きが》えを手伝いながら、モリーは楽しそうに聞いてくる。

「まず可愛い小物がたくさんある雑貨店に行き、そこからこの前モリーも一緒に行った、大道芸を見た噴水広場に行きましたの。本日の催し物《もよおもの》は屋台でしたのよ？　たくさん出ていた屋台で美味しい食べ物をたくさん買って食べましたの！　どれもとっても美味しかったですわ。次はモリーも一緒に行きましょうね。……そうそう、モリーにもお土産を買ってきましたのよ。後で渡《わた》しますわね」

リリアーナは出掛ける度《たび》に、必ずモリーにお土産を買ってくるのだ。

モリーはリリアーナにとって、侍女《じじょ》である前に大切な幼なじみであり、時には姉のような存在でもある。

「いつもありがとうございます。楽しみにしていますね」

モリーにとっても、リリアーナは特別な、大切な主人である。

モリーは誇《ほこ》らしげに笑顔を浮かべながら、リリアーナの好きなハーブティーの準備をするため、一度部屋を後にした。

その途中《とちゅう》の通路で、モリーは見知った顔を見つけ声を掛けた。

「眉間《みけん》に皺《しわ》が寄ってるわよ？　そんなんじゃ貴方《あなた》の大好きな女の子達が逃《に》げていくんじゃない？」

「いや、皺も寄るだろ。……なぁ、あの二人って、普段からあんな甘ったるいことしてんの？」

いつもヘラヘラと女の子を口説いているようなチャラ男ことケヴィンが、珍《めずら》しく苦虫を潰《つぶ》したような顔をしている。

全く、あの二人は王宮の外でもアレをやったのか。

確かにアレを見せつけられたら、慣れないうちは胸焼けを起こすだろう。

モリーは苦笑いを浮かべる。

「お嬢様の護衛になったのなら、嫌《いや》でもそのうち見慣れるんじゃないかしら？」

「いや、もうお腹《なか》いっぱいだし、見なくていいんだが」

「頑張《がんば》って慣れなさいよ」

「う〜ん、他人のイチャつきより、身近な人間のイチャつきって、見ててキツくねぇ？」

「……気にしたら負けよ？　この王宮の風物詩とでも思っておきなさいな」

「風物詩って、お前……ハハハ。確かに気にしたら負けだな」

ケヴィンは楽しそうに「ありがとな」と言って、モリーの頭をクシャッと撫でて仕事に戻っていった。

「やだ、もう！　グチャグチャじゃない」

モリーは頬《ほお》を膨《ふく》らませ慌《あわ》てて髪《かみ》を手で直しながら、ハーブティーの準備に向かう途中だったことを思い出し慌てて準備に戻るのだが、その頬はほんのりと朱《あか》く染まっていた。

幕間 ◆ モリーの憂鬱

「今日もケヴィン様はアンニュイな雰囲気《ふんいき》が色気を放って、とても素敵《すてき》ですわね」

「本当に。私、彼にならば遊ばれてもいいわ」

「あら、私もよ！」

近衛騎士団《このえきしだん》の訓練場近くを通っていたモリーは、チャラ男もといケヴィンを話題にしてキャッキャウフフと騒《さわ》ぐ令嬢《れいじょう》達を横目に、リリアーナの元へと急いでいた。

「モリー、ありがとう。重かったでしょう？」

「いいえ、これくらい全然大丈夫《だいじょうぶ》ですわ。こちらで間違《まちが》いございませんか？」

「ええ、間違いないわ」

「それと、こちら新刊が出ておりましたので、お持ち致《いた》しました」

「モリー、あなた最高の侍女《じじょ》だわ！　ありがとう」

リリアーナに頼《たの》まれた王太子妃《ひ》教育の課題に関する本の他に、彼女が恋《こい》のバイブルと言ってのける恋愛《れんあい》小説の最新刊数冊をそっと差し出す。

リリアーナの喜びようからして、頼んだ本よりも恋愛小説の方から読みだしそうな勢い

に、

「お嬢様《じょうさま》？　まずは課題の本をお読みになってからにしてくださいませ」

と、思わずいつもより少しキツイ言い方をしてしまって、ハッとする。

幸いにもリリアーナは何も気にしていないようである。

「そうね。コレをチャッチャと読み終えてから、ゆっくり新刊を楽しむことにしますわ。そうと決まれば、モリー？　ハーブティーをお願いね」

「畏《かしこ》まりました」

モリーはハーブティーを淹《い》れながらも、先程《さきほど》の自分の失態を思い返してみる。

なぜお嬢様にあんな言い方をしてしまったのか。

何だかよく分からないが、イラッとしていたのは確かなのだ。

べつにリリアーナに対してではなく……。

その時フッと頭に浮《う》かんだのは、先程の近衛騎士団訓練場近くで聞いた令嬢の会話。

『アンニュイな雰囲気が色気を放って……』

……ただダラシない格好なだけじゃない。

『素敵ですわ』

確かに整った顔立ちをしてはいるけど。

『彼になら遊ばれてもいいわ』

貴族の貞操観念《ていそう》はどこにいったと、声を大にして言いたい！　……言えないけれど。

そういうことは結婚《けっこん》してからすることじゃないの？

遊びで簡単に出来ることではないはず。

「モリー？　溢《あふ》れてますわよ？」

リリアーナに声を掛《か》けられ、ハッと気付けばカップからハーブティーが溢れていた。

「大変申し訳ございません！」

何たる失態。情けなくて自分に腹が立つ。

「気にしなくていいですわ。でもモリー？　今日のあなた、少し変だわ。何か心配事でもありますの？」

「いえ、特にはないのですが……」

モリーが困ったように眉《まゆ》を下げてそう言えば、リリアーナは「じゃあ、何ですの？」とでも言いたげに小首を傾《かし》げて見つめてくる。

その姿はリスやハムスターなどの小動物を彷彿《ほうふつ》させ、とても可愛《かわい》らしい。

ウィリアム殿下《でんか》が溺愛《できあい》する気持ちも分かる……などと少しだけ思ってしまう。

リリアーナがずっと答えを待っているので、仕方なく自分でもよく分からない感情を吐《と》露《ろ》してみる。

「何て言ったらいいのか……。先程近衛騎士団訓練場の側を通り掛かったのですが、その時に令嬢達がされていた会話が耳に入ってきまして」

決して盗《ぬす》み聞《ぎ》きをしたわけではないですよ、と言外に含《ふく》ませる。

「彼女達はケヴィンの話をしておりました」

「チャラ男の？」

殿下から名前で呼んでやりなさいと言われたにもかかわらず、相変わらずお嬢様はチャラ男呼びが直らない。

「ええ。アンニュイな感じが色気を放って素敵だとか、ケヴィンになら遊ばれてもいいなどと話されておりましたね」

「アンニュイって言うよりダラシないの間違いではなくて？　チャラ男はボタンの留め忘れが多いわよね？」

「いえ、あれはワザとやっているのであって、留め忘れでは……」

ケヴィンがお嬢様にどう思われようが、私にはどうでもいいことではあるけれど。

毎日ボタンを留め忘れしていると思われているのは少しだけ、ほんの少しだけ、気の毒に思っただけだ。

「素敵って、そういうところが子どもっぽくて可愛いとかそういう意味なのかしら？」

「違《ちが》うと思います」

思わず真顔でツッコんでしまった。

やはりお嬢様はお嬢様というか、あれだけ恋愛小説を読《よ》み漁《あさ》っていながら、何を学んでらっしゃるのか。

理解度が斜《なな》め上をいってますが……。

「まあ。遊ぶって、普《ふ》通《つう》に遊ぶのとは意味が違うのよね？　つまり、そういう意味よね？」

「ええ、そういう意味の遊ぶだと思います」

「それは、まあ、都合の良……健気《けなげ》な？　ではないわね」

お嬢様？　キチンと変換《へんかん》出来ておりませんし、無理に変換しなくてもよろしいですよ？

「彼の周りにはまともな女性はいらっしゃらないのかしらね」

「まともな、ですか？」

「ええ。チャラ男には、しっかりした女性が合うと思いますわ。むしろそういう方を選んで頂きたいですわね」

「しっかりした女性……そんな方が彼を好きになることがあるんでしょうか？」

「……そこが一番の問題ですわね」

お嬢様はフゥと大袈裟《おおげさ》に溜息《ためいき》をついた。

何だかんだ言っても、お嬢様はケヴィンを買っている。

ケヴィンの隣《となり》に立つしっかりとした女性を想像しかけて、何となく胸にモヤモヤが掛かってきて、それ以上想像することを断念した。

お嬢様のお部屋を退室すると、丁度ケヴィンがこちらに向かってくるところだった。

「よう」

手を上げて軽く挨拶《あいさつ》してくる彼の胸元《むなもと》は、相変わらずはだけている。

つい呆《あき》れたように、

「ケヴィン、あなたのその格好。お嬢様にボタンの留め忘れだと思われているわよ？」

と言えば、彼はその整った顔を少し歪《ゆが》める。

「ちょ、冗談《じょうだん》だよな？」

「本気も本気。このままうっかりさんだと思われ続けたくなかったら、ちゃんとボタン留めときなさいな」

「うっかりさん……。いや、そんなことしたら悲しむ女性が出るだろ？　嬢ちゃんも、まだまだお子様だな」

途端《とたん》にニヤニヤしだす。

彼は自分がどんな風に見られて、どんな風に言われているのかを知っている。

知っていて、そんな風に軽口を叩《たた》いているのだ。

『お子様な嬢ちゃん』とお嬢様のことを指して言いながらもその目は私に向けられており、言外に「お前もな」と言われているようで、無性《むしょう》に腹が立ってくる。

確かに男性とお付き合いしたことはないけれど。

だからってお子様扱《あつか》いには腹が立つ！

「そんなだから、あなたの周りにはまともな女性がいないのよ！」

キッと睨《にら》みつけるようにして、言い逃《に》げしてきてしまった。

遊ばれてもいいだとか、そんなの裏を返せば貴方《あなた》に本気になりませんと言われているようなものじゃない。

馬鹿にされてるだけじゃない。

そんな風に寄ってくるような女性が好きなら、一生遊ばれてろ！　馬鹿！

心の中で、口には出せない悪態の数々を吐き続ける。

あんなのでも、仕事は出来るからムカつくのよね。

お嬢様ではないけれど、心の中でケヴィンが毎日カミソリ負けに悩まされますようにと祈《いの》っておいた。

……地味に苦しむがいい。

少しだけスッキリした気がして、頭を仕事モードに切《き》り替《か》えた。

あんなヤツ、私には関係ないのだから、必要以上に話さなければいい。

関わらなければいい。

そう思っている時点で、今までのようにキッチリ仕事モードに切り替えられてなどいないということに気付いていないモリーなのであった。

第6章　リリアーナ、教室を開く

教室の場所に決めた物件のリフォームは、急ピッチで進められていた。

その間、マリアンヌ王女は意図しなかったこととはいえ、ウィリアム達の喧嘩《けんか》の原因になってしまったということで、王女から視察の回数を減らすとの申し出があったのだ。

空いた時間にはのんびりと庭園の散策をされたり、王宮内にある図書室を利用されたりしているらしい。

一度王妃《おうひ》とマリアンヌ王女とリリアーナの三人で、プチお茶会をする機会があった。

ウィリアムを狙《ねら》っているであろうマリアンヌ王女を前にして、リリアーナは正直とても気まずい。

けれど、マリアンヌ王女は敵対心を向けてくるわけでも、値踏《ねぶ》みするような視線を向けてくるわけでもなく、なぜかちょっと憐《あわ》れみを含《ふく》むような表情を見せた。

リリアーナは不思議に思いつつも、マリアンヌ王女の態度が少し柔《やわ》らかくなったような気がすることに、ホッとした。

そして先日リフォームが完成したので最後のチェックをするよう言われ、ウィリアムの予定に合わせ、明日一緒《いっしょ》に見に行くことになっている。

今からワクワクして、まるでお出掛《でか》け前の子どものようである。

「お嬢様《じょうさま》、もう少し落ち着いてください」

「無理ですわ！　早く見たくて見たくて仕方がないのですもの。モリーも楽しみじゃなくて？」

明日はモリーも同行予定なのである。

「それは……楽しみですけれども。ですが今からそんなでは、疲《つか》れてしまいますわ」

「それもそうね。ねえ、モリー？　このワクワク感を止めるには、どうしたらいいのかしら？」

「……何か他のことをして、気を紛《まぎ》らわせばよいのでは？」

「たとえば？」

「お嬢様の大好きな恋愛《れんあい》小説を読まれるとか、無心で刺繍《ししゅう》を刺《さ》されるとか……」

リリアーナは「う〜ん」と少し考えて。

「新しい小説はまだ出ていませんし、たまには外でゆっくり刺繍を刺すのもいいかしらね？　モリー、準備をお願いね」

「畏《かしこ》まりました」

そう返事を残して、モリーは準備のために部屋を後にした。

さて、刺繍を刺すことに決めたはいいが、何を刺繍しようかと考える。

あまり大きなものだと一日では終わらないので、結局は無難にハンカチへの刺繍となってしまうのだが。

どうせならば、ウィリアムのものがいいだろう。何枚あっても邪魔《じゃま》になるものではないし、きっと喜んでくれるだろうから。

準備の終わったモリーがリリアーナを呼びにやってくる。

ウィリアムの物に刺繍する旨《むね》を伝えれば、すぐに真新しい綺麗《きれい》なウィリアム用のハンカチを用意してくれた。

四阿《あずまや》に向かえば、時折心地《ここち》よい風が吹《ふ》き、刺繍も捗《はかど》りそうである。

モリーと楽しく話をしながら、刺繍を刺していく。

チクチクひと針ひと針、想《おも》いを込めて。

特別上手なわけではないが、気持ちはたっぷり込められている。

ウィリアムの喜ぶ姿を思《おも》い浮《う》かべながら刺していけば、針の進みも早くなるというものだ。

最初こそモリーと楽しくお喋《しゃべ》りしながら刺していたけれど、途中《とちゅう》からは刺すことにのみ集中し、静かな四阿にゆっくりとした時間が流れていく。

「……出来ましたわ」

うん、なかなかの出来栄《できば》えだわ、とほくそ笑《え》む。

実際今まで刺したものの中で、三本の指に入る出来栄えと言えるだろう。

道具を片付けテーブルが空くと、色とりどりの可愛《かわい》らしいお菓子《かし》が並べられ、モリーの淹《い》れるハーブティーのスッキリとした香りが漂《ただよ》う。

リリアーナとモリーのプチお茶会である。

数日前に行った、王妃とマリアンヌ王女とのプチお茶会とは違《ちが》い、お茶もお菓子も気兼ねなく美味《おい》しく頂ける。

今街で話題のお店や流行の物の話で盛り上がる中で、ふと思い出したようにリリアーナが呟《つぶや》いた。

「そういえば、明日の噴水《ふんすい》広場は何があるのかしら？」

「明日は平日ですから、何かの市《いち》的なものだとは思いますが。後程《のちほど》調べておきますね」

そう言ったモリーの背後から、ヌッと手が出てきてお菓子を一つ取ると、

「明日は骨董市《こっとういち》だから、残念ながら嬢《じょう》ちゃんの楽しめるものはないだろうな」

と言って、口の中に放った。

「うん、美味《うま》い」

言いながら、ケヴィンは勝手にモリーの隣《となり》に座る。

「ちょ、ちょっと。何勝手に座ってるんですか」

「何だよ、訓練で体動かしてっから腹減ってんだよ。こんだけたくさんあるんなら、少しくらいいいじゃねえか」

「よくないに決まってるでしょ！」

　このチャラ男ことケヴィンはリリアーナ付きの護衛となってから、こうしてよくリリアーナとモリーのプチお茶会に乱入してくるようになった。

　特に不快に感じることもないので同席を許しているのだが、モリーはいつもこんな感じなのだ。

「ガキ達も明日見に来るってよ」

　早速連絡《さっそくれんらく》をとってくれているらしい。

「そう。それならお菓子をたくさん持っていってあげようかしら」

「ではそのように厨房《ちゅうぼう》へ伝えておきますね」

「ええ、お願いね」

　自分の思い描《えが》くものが形になっていくのは、とてもウキウキワクワクするものである。

　刺繍を刺している間は忘れていたけれど、出来上がれば気持ちは明日のリフォーム物件へと向かってしまう。

　リフォームと平行して、先生役をしてくれる方の募集《ぼしゅう》を掛《か》けていたのだが、嬉《うれ》しいことに思った以上に協力を願い出てくれる方が多かった。

先生とはいっても教えるのは読み書きと計算だけなので、資格は不要。こちらからお支《し》払《はら》いするのは馬車代程度の金額のため、完全なるボランティアだ。

子ども達のために何か出来ることがあればと、本気で協力してくれる方に来て頂きたかったため、あえてのボランティアにしたのだ。

それでもと手を上げてくれたのは、昔教鞭《きょうべん》をとっていてリタイアしたお年寄りの方が多かった。

ダニエルが面接をして、その中から五人の方にお願いすることになり、担当は週一回。

土日は教室自体がお休みである。

特に教科書などはなく、紙や筆記具はこちらで全て用意することになっている。

教え方は先生役の方達にお任せするが、基本あまり厳しくしすぎず、子ども達が楽しんで学べるようにとお願いしている。

子ども達は毎日通ってもいいし、週一でもよい。

強制ではないので、自分のペースで学んでいけばいいのである。

子ども達の将来のためには必要なことであるが、やる気がない者にまで手を差《さ》し伸《の》べる必要はない。

厳しいかもしれないが、出来ないのとやらないのは違う。

出来ない者には手を差し伸べても、やらない者には手を差し伸べることはしない。

「明日は物件のチェックが終わったら、真っ直ぐ王宮へ戻《もど》ることになりそうだな」

ケヴィンがお菓子を次々と食べながら可笑《おか》しそうに言う。

実際ウィリアムもリリアーナも、骨董市には全く興味はないので、そうなるであろう。

「そうですわね。ですがケヴィンが骨董市に、ど・う・し・て・も、寄りたいと言うのであれば、寄っても構いませんわよ？」

「寄りたかねぇよ！　あ、でも可愛い女の子が出してる店なら、少しくらい寄ってもいいかな」

「やはりチャラ男はチャラ男ですわね。清々《すがすが》しいまでにブレませんわね」

「褒《ほ》められてる気がしない」

「褒めてませんもの」

「たまには褒めてくれてもいいんだぜ？」

「どこを褒めろと？」

「……」

リリアーナは優雅《ゆうが》な仕草でハーブティーで喉《のど》を潤《うるお》し、モリーはチャラ男を残念なモノを見る目で見ているのであった。

翌朝。

リリアーナとウィリアムは一緒に朝食を頂く。

その後ウィリアムは仕事へと向かい、諸々《もろもろ》の準備が出来次第《しだい》リリアーナを迎《むか》えに来て、いよいよリフォームの最終チェックとなる。

リリアーナの準備はとっくに終わっており、今か今かとウズウズしながら迎えに来るのを待っていた。

ようやくウィリアム達が迎えに来た時には、その中になぜか笑顔《えがお》のマリアンヌ王女の姿があった。

(……どうしてマリアンヌ王女がここに?)

リリアーナの心の声に答えるように、ウィリアムが説明を始めた。

「貧民街《ひんみんがい》の子ども達に読み書き・計算を教える場所を開くという話を耳にして、マリアンヌ王女がとても興味を持たれてな。ぜひ自分も連れていってほしいと言われたんだ。ベルーノ王国も貧民街の子どもの数が増加しているらしい。どこも抱《かか》える問題は似たようなものだな」

人目がある中でノーとも言えず、リリアーナは和《にこ》やかに分かりましたと言うしかない。

けれど本心は……。

心の準備が全く出来ていない状況《じょうきょう》でのマリアンヌ王女の同行など、困惑《こんわく》しかない。

一度は嫉妬《しっと》して喧嘩の原因にまでなった相手である。

最近はウィリアムとの視察の回数が減っているとはいえ、何も思わないわけではない。

ウィリアムにその気はなくても、彼女がウィリアムを望んでいるだろうことは、何となくだが分かっている。

ウィリアムに聞きたいことや言いたいことはたくさんあるが、二人きりになる時間もない。

そのまま馬車に乗ったのだが、マリアンヌ王女を一人にすることも出来ず、同乗することになった。

ウィリアムとリリアーナが横並びに座り、その前にマリアンヌ王女が座っている。

仕方なく、始終和やかな笑顔を貼《は》り付《つ》ける。

ウィリアムには、そんなリリアーナの心のうちが分かったのだろうか。

馬車を下りてリフォーム物件まで歩く道すがらに、「リリー？　怒《おこ》っているのかい？」と聞いてくる。

べつにリリアーナは怒っているわけではない。困惑しているのと、色々聞きたいのに聞けない状況に少し戸惑《とまど》っているだけなのだ。

それにすぐ側にマリアンヌ王女がいる。

今更《いまさら》ではあるが、彼女の前で醜態《しゅうたい》を晒《さら》したくなどない。

ウィリアムの隣に相応《ふさわ》しくないと言われないためにも、ここで動揺《どうよう》を見せるわけにはいかないのだ。

「べつに怒ってなどおりませんわ」

「リリーの笑顔がいつもと違う」

「そうでしょうか？　気のせいではございませんか？」

必死で周りに気を使わせぬよう笑顔を貼り付けているというのに、なぜそれを汲《く》んで黙《だま》っていてくれないのか。

今ここでそんなことを言うウィリアムに少し苛立《いらだ》ちを覚える。

そんなやり取りを繰《く》り返《かえ》すうちに、いつの間にかリフォーム物件へと到着《とうちゃく》していた。

清潔感のある白い外観に、わざと中が見えるように窓を大きくし、ガラス扉《とびら》を使用している。

ガラスの窓はとても高価なものであり、大きなものになればなるほど金額は上がる。

なので通常は窓を小さくすることでコストを下げるのであるが。

明るく開放的な教室で、楽しく真面目に子ども達が勉強に取り組む姿を、多くの人達に見てもらおうと、知ってほしいと、今回コストは考えずあえて窓を大きくしたのだ。

夜間や休日の使用しない時間は、防犯用に窓やガラス扉の外側に丈夫《じょうぶ》な木の扉がついているので、それを閉める。

扉を開けて中へ一歩踏み入るとそこは土間になっており、左側には学校によくある手洗い場があり、幾《いく》つもの蛇口《じゃぐち》が並ぶ。

右側には個室のトイレが三つと掃除《そうじ》用具入れがある。

いつも清潔に使えるよう、水洗い出来るよう土間にしたのだ。

子ども達が学ぶここは、子ども達に大切に、綺麗に使ってもらうため、子ども達皆《みな》で掃除して使わせるようにするつもりだ。

そのために掃除がしやすいように考えた結果である。

そして土間で靴《くつ》を脱《ぬ》ぎ、一段高くなった先にはフローリングの床《ゆか》が続く。

靴を脱ぐのは室内を汚《よご》さないため、掃除がしやすいためだ。

低く細長い机が幾つも連なり、座る場所にはクッションが置かれている。

右側の壁《かべ》一面には大人の腰《こし》くらいまでの高さの扉付き収納棚《しゅうのうだな》が作られていて、これから物がどんどん増えても大丈夫《だいじょうぶ》なほど大容量である。

一番奥には大きな窓があり、室内はとても明るい。

眩《まぶ》しすぎないように、今はレースのカーテンが引かれている。

　これらは全て、リリアーナの案だ。

　シンプルに、使い勝手の良いものをとお願いしていたのだが、思った以上の出来栄えに大満足だ。

「靴を脱ぐようになっておりますのね。使用する子ども達に掃除をさせるとは、何とも斬《ざん》新《しん》な考えですわ。けれどもそれによって綺麗に使うという意識も高くなりますわね」

　しかし先程《さきほど》から感心しきりのマリアンヌ王女の声に、リリアーナは複雑な心境になった。

　なぜならマリアンヌ王女と説明をするウィリアムとの距離《きょり》が、必要以上に近く感じられるからだ。

　自分のアイデアを褒められるのは嬉しいが、会話はウィリアムとマリアンヌ王女の二人で進められており、リリアーナは蚊帳《かや》の外である。

　来賓《らいひん》の対応はウィリアムの務めであり仕方がないと頭では理解していながらも、リリアーナの心はどこか寂《さび》しさを覚えた。

「わぁぁああ、すげぇ」

　子ども達が揃《そろ》って見に来たようである。急に教室が賑《にぎ》やかになる。

　土間より先は靴を脱いで上がるよう説明すれば、皆キチンと靴を脱いで上がっていく。

　誰《だれ》か一人が、

「ここ、俺の席～」

と言いだせば、他の子ども達も我先にと自分の席を決めていく。

そんな子ども達の姿を見て、リリアーナは自然に微笑《ほほえ》む。

そして、マリアンヌ王女がついてこなければ、ウィリアムや皆ともっと素直《すなお》に喜べたのにと思う狭量《きょうりょう》な自分に落ち込む。

そんなリリアーナの心を知ってか知らずか、タイミング悪くウィリアムが話を蒸《む》し返した。

「リリー？　そろそろ機嫌《きげん》を直してもらえないかな？」

「べつに機嫌悪くなどありませんわ。ウィリアム様の気のせいではありませんの？」

蒸し返されたから不機嫌になったというのに、ウィリアムは気が付いていない。

つい呼び方まで昔のウィリアム様呼びに戻ってしまった。

「私がどれだけリリーを大切に想っているのか、まだリリーには届いていないのか？」

「そんな届け物はございませんでしたわ！」

ウィリアムはプイッと顔を背《そむ》けるリリアーナの前へ周り、リリアーナの手を取り跪《ひざまず》く。

「リリーの幸せそうな笑顔も、コロコロ変わる表情も、とても可愛らしいと想っている。

誰の目にも触《ふ》れさせたくないと想うほどに」

室内にいた騎士《きし》や子ども達は、突如《とつじょ》始まったこの茶番のような愛の告白に困ったように顔を見合わせた後、静かに外へ出ていった。

ウィリアムと違って空気の読める騎士と子ども達である。

逃《に》げ遅《おく》れたというか、逃げることが出来なかったマリアンヌ王女とダニエルと、面白《おもしろ》そうという理由で残ったケヴィンと、リリアーナを心配して残ったモリーが、そんな二人を見守っている。

そして、まだまだウィリアムの愛の告白は続く。

「四阿でうたた寝《ね》している時の意味の分からない寝言《ねごと》も、食べ物の夢を見てヨダレを垂らしている姿も、最高に可愛らしいと思っている」

……何やら怪《あや》しい方向に向かっているようだが。

一言で表すならば『どんな姿の君も好きだよ』ということなのだろうが、余計な説明がそれを台無しにしている。

マリアンヌ王女とダニエルは無言でそれを見ており、ケヴィンは声を立てずに腹を抱えて笑い、モリーはそれを小声で批難している。

言われた本人であるリリアーナは、顔を引《ひ》き攣《つ》らせている。

「リリーがお菓子を口いっぱいに頬張《ほおば》る姿を見るのが私の癒《い》やしなんだ」

口にものを詰《つ》め込むなど、淑女《しゅくじょ》としてどうなのかと思われる行動なのだが。

それを他に人のいる場で言ってしまうウィリアムもウィリアムであるが、きっと必死に

なるあまりここがどこであるかは忘れてしまっているのだろう。

「ねえ、そこのあなた。私が言うのも何ですけれど、ウィリアム様をお止めしなくてもよろしいの？　アレはフォローになっておりませんわよ？　どちらかと言えば、貶《おとし》めてらっしゃるわね」

「そのようですね。まあ、間に入ると面倒《めんどう》なんで、しばらく放っておけばいいかと」

「あなた……まあ、いいですわ」

マリアンヌ王女は呆《あき》れたような視線をダニエルに向け、そしてまたリリアーナとウィリアムの方へと視線を戻す。

ウィリアムによるリリアーナの可愛らしさについてのズレた暴露《ばくろ》はなおも続く。

ついに羞恥《しゅうち》にプルプル震《ふる》えるリリアーナ。

「ウィルなんてっ……。今後は膝《ひざ》の上に乗せてお菓子を食べさせたりするのも、膝の上に乗せて髪《かみ》を結ばせたりするのも、もう絶対にさせませんからねっ！」

「そんなっ……。私の至福の時間がっ!!」

崩《くず》れ落《お》ちるウィリアム。とは言っても、もともと跪いていたのであまり変わらないが。

見かねて、マリアンヌ王女が口を開いた。

「ちょっと、そこのマッチョ」

「……ダニエルです」

「そんなことはどうでもよくてよ。それよりも今の話は事実なの？　どうなの？」

「今の話といいますと？」

「リリアーナ様に餌付《えづ》けしたり膝の上に乗せて髪を結ばせるといったことですわ！」

マリアンヌ王女は少し苛立たしげであるが、それに比べてダニエルは飄々《ひょうひょう》としている。

「ああ、それならば事実ですね。殿下《でんか》はリリアーナ様をウザいくらいに溺愛《できあい》されておりますから。一度リリアーナ様が太るからお菓子を食べないと仰《おっしゃ》った時など大変でしたよ。今と同様に『私の至福の時間が』などと仰って、パティシエ達にとにかくカロリーの低い美味しいお菓子を作るよう命じておりましたからねぇ」

その話を聞いて、マリアンヌ王女は頬《ほお》を引き攣らせる。

マリアンヌ王女はウィリアムとリリアーナを見ながらフゥと溜息《ためいき》を一つつくと、静かに語りだした。

「……わたくしはね、女に生まれたことをずっと悔《くや》しく思っておりましたのよ？　わたくしは数いる姉弟《きょうだい》の中で、誰よりも王国《ベルーノ》を愛しているし、政治的手腕《しゅわん》は姉弟の誰よりも優《すぐ》れていると自負しているわ。自惚《うぬぼ》れではなくてね。ただ女に生まれたというだけで、そんな想いも能力も無視されて、次の王は弟だと決められた。そんな中であの塩害による被害《ひがい》が出たのよ？　でもただの王女でしかない私には大した権限があるわけでもない。私に出来ることと言えば、民《たみ》達の飢《う》えを少しでも早く解消するために、緑豊かなこのザヴァンニ王国と今まで以上に太い繋《つな》がりを持つこと。そう思って、国のためにも、わたくしのプライドにかけて王太子殿下を落とすつもりで、覚悟《かくご》を持ってここまでやって参りましたの。でも、それでもですわっ！　人目のあるところで餌付けされたり膝の上に乗せられるなんて！　そんなことっ！　わたくしのプライドが許しませんわ！」

淡々《たんたん》と話しだしたマリアンヌ王女だが、最後の方は頭を振《ふ》り取り乱したようになった。

ハッとして居住まいを正すが、いまだウィリアム達に対して引き気味の様子で続ける。

「婚約者《こんやくしゃ》を溺愛しているからといって、私のことを女性と思っていないような扱《あつか》い。それに口を開けばリリアーナ様のことばかり。もううんざりですわ！　いくら国のためといっても、こんな人の相手はご免《めん》です！　……わたくし、もうここにいる意味がありませんわね」

ダニエルは、やはり王女はウィリアム狙いだったかと得心した。

そして心配せずとも、餌付けや膝に乗せる行為《こうい》はリリアーナだからすることであって、マリアンヌ王女が恐れる必要はないのだが、とも思う。

まあ、せっかく戦意喪失《そうしつ》してくれたのだから、あえて訂正《ていせい》はしないが。

マリアンヌ王女はキッと鋭《するど》い視線をダニエルへと向ける。

「マッチョ」

「ダニエルです」

「……わたくし王国《ベルーノ》へ帰ります。即刻《そっこく》手配するように」

「畏まりました」

マリアンヌ王女はいまだ騒《さわ》いでいる二人へと近付くと、徐《おもむろ》に話しだした。

「お二人とも、仲がよろしいのは、もう十分理解致《いた》しました。これ以上はお腹《なか》がいっぱいですので、もうその辺でやめて頂けると助かりますわ」

そして凜《りん》とした姿で続ける。

「わたくし、そろそろベルーノに帰ろうと思います。大変長居をしてしまいましたわ。数々のおもてなし、感謝致します。色々想定外のことはありましたが……コホン。いえ、とても勉強になりました。特に薬学研究所の見学は興味深かったです。ザヴァンニ王国は緑豊かな大変素晴《すば》らしい国ですわね。我が国でも薬草の収穫《しゅうかく》が出来たなら……。いえ、ここで話すようなことではございませんでしたわ。大変失礼致しました」

マリアンヌ王女は最後に残念そうに目を伏《ふ》せた。

リリアーナはその姿に思わず、

「薬草の輸入はしていらっしゃらないのですか？」

と返す。マリアンヌ王女は呆れたような目をしながらも、丁寧《ていねい》に答える。

リリアーナと張り合う必要がなくなったので、素直に話す気持ちになったのだ。

「薬草は摘《つ》んで五日以内に加工しないとその効果がなくなるのは周知の事実。薬草そのものを輸入しても加工するまでにその五日を過ぎてしまいますわ。ベルーノ王国はザヴァンニ王国から加工した薬を買い取らせて頂くことしか出来ません。自国で薬草の栽培《さいばい》が出来ればよろしいのですが、土や気候が合わないのか、良い結果を出すことが出来ないまま、塩害によって全て枯《か》れてしまいましたわ。それにもともと加工する場も小規模なものしかありませんでしたし。……今は加工したものを輸入する以外に手立てがありませんの」

「それならベルーノ王国の国境沿いに、薬学研究所を設立すればよろしいのよ。それならば一番収穫量の多いダンテ領からでは無理でも、我がヴィリアーズ領からなら国境沿いまで急げば丸一日、通常でも二日で届けられますわ。薬草を摘んでから出荷《しゅっか》するまでに二日を要しますが、それを足しても三日から四日。五日以内の加工に間に合いますわね？」

マリアンヌ王女はリリアーナの言葉に驚愕《きょうがく》の表情を浮かべる。

ザヴァンニ王国に来てからまともにリリアーナと話したことがなかった上に、小動物のような見た目なので、完全に侮《あなど》っていたのだ。

しかし、リリアーナは確かに未来の国王の妃《きさき》であるに相応しい知識とアイデアを持っているではないか。

だが本当にそんなことが可能なのだろうか。

それが出来たならば、今まで心を痛めていた問題のうちの一つが解決に近付くのではないか。

頭をフル回転しながら一つ一つ確認《かくにん》していく。

「……ですが薬草の収穫量は十分なのですか？」

「もちろん今すぐ収穫量を増やすというのは無理ですけど、土地はまだまだ余っておりますのよ？　今後の収穫量を増やすことは可能ですわ。ただ、人手が足りませんので、その補充《ほじゅう》は必要になりますわね。……そうだわ！　子ども達がおりますわ。彼らは働き先がないと言っておりましたし、引き受けてもらえたら解決致しますわね」

「それは本当に可能ですの？　実現出来たならば、民の多くが安く薬を手にすることが出来て、苦しんでいる者達を減らすことが出来ますわ！」

「子ども達も職と住処《すみか》を手にして、お腹を空かせて盗《ぬす》みを働いたりせずに済みますわ」

まさかのトントン拍子《びょうし》に話が進む。

リリアーナの提案が実現出来れば、ベルーノ王国の問題が一つ解決に近付くのは間違《まちが》いない。

「リリアーナ様……。感謝致しますわ！　わたくしがここへ来たのはきっと、このためでしたのね。あなたのお陰《かげ》で、これからわたくしがすべき道筋がしっかりと見えてきましたわ。ベルーノ王国第三王女として、何が何でも薬学研究所を設立させますわ！」

マリアンヌは目に涙《なみだ》を溜《た》め、リリアーナの両手を握《にぎ》ると、声高らかにそう宣言した。

そして、こんなことならもっと早くリリアーナと話せばよかったと、マリアンヌは後悔《こうかい》した。

ウィリアムの正妃《せいひ》の座を狙うよりも、はるかに生産的だったと。

そして何やら言いにくそうに、恥《は》ずかしそうに頬を朱く染《あか》める。

「リリアーナ様、よろしかったら、またお会いして頂けるかしら？　その、今度はお友達として……」

まさかのお友達申請《しんせい》である。

それもウィリアムを狙う恋《こい》のライバルとして警戒《けいかい》していた相手からだ。

とはいえ、今の彼女からはウィリアムに対する恋心的なものは全くと言っていいほどに感じない。

敵でないのならぜひとも仲良くしたいお方ではある。

何だかんだ言っても、彼女のサッパリとした物言いはどこかエリザベスに似ているようで、嫌《きら》いではないのだ。

「もちろんですわ！　今度はお友達としてお会いしま……そうだわ！　薬学研究所を設立するだけでなく、マリアンヌ様が所長に就任されたらよいのですわ！　王宮でお会いするとなると手続きやら何やら面倒……いえ、手間と時間が掛かりますから、頻繁《ひんぱん》にお会いするのは難しいですもの。その点研究所でしたら、薬草の出荷時に兄に同行すればよいですし、互《たが》いに遊びに行きやすいですわ！」

「リリアーナ様、なんて素晴らしいアイデアなの！　すぐに王国に帰って薬学研究所の設立に尽力《じんりょく》致しますわ。所長の座を手に入れるためには、うるさい狸《たぬき》達をどうにか黙らせなければなりませんが……それにはあともう少し、あの者達の弱みを握る必要がありますわね」

最後の方は何やら物騒《ぶっそう》なことを呟いていたようであるが。

マリアンヌ王女様ご一行は、慌《あわ》ただしく帰っていった。

その帰《かえ》り際《ぎわ》に、マリアンヌ王女がリリアーナにこっそり耳打ちした。

「リリアーナ様への度重《たびかさ》なる失礼な態度、申し訳ございませんでした。でも、ウィリアム様はいつも私にリリアーナ様のことばかり話したり相談したりしていらしたの。だから安心してくださいね」

「えっ⁉」

まさか隣国《りんごく》の王女様にそんな話をしていただなんて。

恥ずかしいが嬉しい気持ちにもなり、リリアーナは後方で項垂《うなだ》れているウィリアムを振り返る。

「薬学研究所設立の目処《めど》が立ちましたら、すぐにお手紙を出しますわ！」

その言葉を残してマリアンヌ王女は慌ただしく帰国の途《と》についた。

第7章　リリアーナ、帰省する

マリアンヌ王女が帰国し、二人の生活は無事に元通りに戻《もど》った。

最初はリリアーナの妄想《もうそう》がこじれたのが悪かったのだが、二度目の喧嘩《けんか》はウィリアムの無神経さが原因である。

リリアーナは二度と人前で恥《は》ずかしい話を暴露《ばくろ》しないようにウィリアムを叱《しか》り、ウィリアムは再び細かい三つ編み頭にされたことで深く反省した様子だった。


「リリー、これから忙《いそが》しくなるな」

ウィリアムはそう言いながら、満面の笑《え》みを浮《う》かべた。

王女のエスコートにより後回しにされていた仕事で若干《じゃっかん》忙しくはなるだろうが、ようやくリリアーナを心行くまで愛《め》でることが出来ると、浮かれているのだろう。

……リリアーナの返事によって、すぐに落とされることになるのだが。

「え？　私、薬学研究所の提案はしましたが、実際動くのはお父様と次期当主のイアン兄様ですわ。なので、お父様達にもきちんと説明をしなければなりませんわね。……少しの間ヴィリアーズ領に行って参りますわ」

まさかの実家に帰ります宣言である。

「リリー？　オリバーかイアンをこちらに招いて説明すれば……いや私も一緒に行こう」

ウィリアムは慌《あわ》てて、何とか引き留めようとした。

しかし残念ながら仕事を大量に溜《た》め込んだウィリアムが王宮を離《はな》れるのは無理である。

王都からヴィリアーズ領までは馬車で一日掛《か》かる距離《きょり》にあるが、無理なく行こうとすれば、途中《とちゅう》宿で泊まるなどして二日掛かってしまう。

だとすると、リリアーナがウィリアムの元に帰ってくるまでに、最低でも五日（ヴィリアーズ領で一泊《ぱく》の場合）はみなければならないということだ。

そんなに長くリリアーナと離れて過ごすなど、恐《おそ》ろしくて考えたくもない。

なのに――。

「お父様やエイデンからも、たまには顔を見せに来るように再三にわたって言われておりますし、丁度良い機会ですから行って参りますわ」

リリアーナはにっこりと可愛《かわい》らしい笑みを浮かべ、実家に行く気満々である。

いつもであればこれ以上ないほどに目尻《めじり》を下げて愛でるところではあるが、ウィリアムは今日ばかりはそんな彼女の笑顔《えがお》を恨《うら》めしく感じた。

だが、こうなったリリアーナを止められる者はいないであろう。

「そうですわ！　その前に子ども達にも、念のために確認《かくにん》を取らねばなりませんわね？　職と住処《すみか》を手に入れられるとはいえ、住み慣れた王都を離れなければならないわけですし、嫌《いや》がられる可能性も……。やはり私も忙しくなりますわね」

リリアーナは目の前のウィリアムを置いてきぼりに、やるべきことを頭の中で整理していく。

悲しみのオーラがダダ漏《も》れのウィリアムへ「元気出せ」とばかりに苦笑《くしょう》を浮かべながら、ダニエルとケヴィンが優《やさ》しくポンと肩《かた》を叩《たた》いた。

子ども達にはまずしっかりと、読み書き・計算が出来るようになってもらわなくてはならない。

仮にヴィリアーズ領で薬草栽培《さいばい》の仕事に就《つ》いたとして、計算が出来なければ将来悪い商人に騙《だま》されて不当に低い金額で買い取りされてしまったり、読み書きが出来なければ同様に正しい契約《けいやく》を結ぶことが出来なかったりする可能性がある。

自領にそういった悪い輩《やから》がいるとは考えたくはないが、どんなところであっても一定数そういった人間はいるはずだ。

子ども達がそういった輩に騙されたりしないように、ずっと側で守ってあげられたらいいのだが、それは現実的ではない。

ある程度までは力になれたとしても、その後は一人一人自立して、全てを自分自身で決断していかねばならないのだ。

そして王都に残るという選択《せんたく》をした子どもには、更《さら》なる努力が必要になるだろう。きちんとした仕事を得るためには読み書き計算が出来るのは当たり前で、プラスアルファの能力があって初めて面接までこぎ着けるのだ。

とても厳しい道のりではあるが、何も出来なかった今までと違《ちが》い、可能性はゼロではない。努力が全て報《むく》われるとは言わないけれど、きっと道は開けていくことだろう。

そんな彼らの未来を思いながら、リリアーナはモリーに翌々日にヴィリアーズ領の本宅へ向かうための支度《したく》と連絡《れんらく》をお願いした。

二カ月近くあった学園の長期休暇《きゅうか》も、残すところあと十日と少し。

今回の帰省は、行き帰りの行程を含《ふく》めて一週間（ヴィリアーズ領四泊）を予定している。

なるべく時間を無駄《むだ》にしたくはないけれど、帰りはきっと疲《つか》れるだろうから途中の街での一泊を挟《はさ》むことにする。

その代わり、行きは早朝に出てその日の夜までに到着《とうちゃく》出来るようにした。

リリアーナを特に溺愛《できあい》する兄イアンと弟エイデンのことだ。きっと本邸《ほんてい》にいる間はピッタリとくっつき放してはもらえないだろうことは容易に想像がつく。

久しぶりに仲の良い兄弟に会えるのは嬉《うれ》しいが、少しだけ面倒《めんどう》に思ったのは内緒《ないしょ》だ。

ケヴィンに急ぎ子ども達へ連絡を取ってもらい、翌日に教室に再度集まってもらうことにした。

更にその翌日の早朝にはヴィリアーズ領へ向かうのだから、皆《みな》バタバタと大忙しである。

「急に集まって頂いて、ごめんなさいね？　あなた達にどうしてもお話ししなければならないことがありますの」

明るい日差しの降り注ぐ真新しい教室で、リリアーナの改まった姿に、若干の警戒心《けいかいしん》を露《あら》わにする子ども達。

「何だよ？　今更俺達に教えることはなかったことにするとかはナシだぜ？」

「あら、そんな無責任なことは申しませんわ。私がお話ししたいこととは、ここで学んだ後のことですの」

「学んだ後？」

子ども達は首をひねりながらも、リリアーナの言葉に耳を傾《かたむ》ける。

「ええ。私の家は王都から馬車で一日程の距離にあるヴィリアーズ領にあり、特産品は良質な酒粕《さけかす》を使った食品や化粧品《けしょうひん》で、最近では薬草や珍《めずら》しい果物の栽培にも力を入れておりますの。緑の多い、とてもいいところですわ」

「ふぅん。いや、あんたの家自慢《じまん》はいいんだけどさ、それと俺達がここで学んだ後のこと、一体何の関係あるんだ?」

「王都《ここ》を出て、ヴィリアーズ領で薬草の栽培をする気はおありかしら?」

「……はい?」

子ども達は驚《おどろ》きに瞬《まばた》きを繰《く》り返《かえ》す。

「ですから、あなた達にヴィリアーズ領に移住して、薬草栽培を仕事にしないかと聞いておりますのよ?」

「俺達に……仕事?」

「ええ。もちろんきちんと読み書きと計算が出来るようになって、今後は盗《ぬす》みを働かないと約束してからの話になりますけれど」

「それでちゃんとした仕事がもらえるのか?」

少年が真剣《しんけん》な顔つきで確認してくる。

リリアーナもしっかりと少年と瞳《ひとみ》を合わせながら答える。

「知識を身につければ、農園で働くだけでなく、将来は農場主になることも可能ですわ。その代わり、しっかりと面接はさせて頂きますわよ? 私は今の環境《かんきょう》から抜《ぬ》け出《だ》す努力をしない者にまで、手を差《さ》し伸《の》べるつもりはありませんもの」

「……分かってる」

「では、厳しいことを言わせて頂きますわね。あなた達が生きるために行っていた『盗む』という行為《こうい》が、今後のあなた達を苦しめることがあるかもしれません。身に覚えのない中傷を受けることがあるかもしれません。信頼《しんらい》を失うのは一瞬《いっしゅん》ですが、得るためには毎日毎日少しずつ積み重ねていくしかありません。時には楽な方に逃《に》げたくなるでしょう。ですが、そこで簡単に逃げてしまうような者を連れていくことは出来ません」

そこでそこまで大人しく聞いていたケヴィンが初めて口を挟んだ。

「なぁ、嬢《じょう》ちゃん。ちと厳しすぎないか？」

「ええ、厳しくしておりますもの。薬草栽培はとても手間が掛かりますの。働くとなれば、子どもだとか大人だとかは関係ありませんのよ？　簡単に挫折《ざせつ》して楽な方へ行こうとする者がいれば、他の真剣に将来を考えている者の足を引っ張ることになりますわ。ですから、今この段階で甘い言葉を掛けるわけにはいかないのですわ」

そう言ったリリアーナはいつもの可愛らしい少女ではなく、責任ある貴族令嬢《れいじょう》としての顔をしていた。

リリアーナとケヴィンの話を黙《だま》って聞いていた少年は、

「俺は親の顔を知らない。気付いた時にはもうこの生活だった。俺だけじゃない、ここにいるヤツはみんな似たり寄ったりさ。けど皆が皆、望んで盗みをしてたわけじゃない。生きるためには仕方なかったんだ！　学もないから働くことも出来ないって諦《あきら》めてたけど、ここで学んでちゃんと仕事がもらえて、普通《ふつう》の生活が出来るんなら、いくらだって努力するっ。俺はっ、もうこんな暮らしから、抜け出したいんだよ！」

半ば叫《さけ》ぶようにそう言うと、頭を下げて懇願《こんがん》した。

「頼《たの》む！　俺達にチャンスをください！」

そして少年の側にいたシェリーや他の子ども達も、同じように頭を下げる。

「これからのあなた達の努力を、期待しておりますわね。……とはいえ、最終決定権はお父様にありますの。少しでも良い環境を得られるように、お父様とイアン兄様の了解《りょうかい》を得られるように、私も頑張《がんば》りますわ！」

まだまだ先の話ではあるし、簡単なことではないが、子ども達の表情は明るい。

「嬢ちゃん、意外としっかり考えてたんだな」

失礼なことを言うケヴィンには子ども達からは見えないように、思い切りすねを蹴《け》っておいた。

そのついでに、静かになったタイミングで常にケヴィンのお腹《なか》の音が鳴《な》り響《ひび》くお祈《いの》りをしておく。それでケヴィンの大好きな『女の子達』から笑われたらいいんですわ！

子ども達への説明を終え教室を出て、そのまま家族皆の分のお土産《みやげ》を購入《こうにゅう》しに出掛《でか》けた。

なかなかに良い買い物が出来たのではないだろうか。

そして翌早朝、荷物を詰《つ》め込んだ馬車と乗車用の馬車二台が車寄せに止まっており、道中お尻《しり》が痛くならないようにクッションを敷《し》き詰めた馬車へモリーと共に乗り込むが、見送るウィリアムの表情は暗く沈《しず》んでいる。

「そんなお顔をしないでくださいませ。一週間でウィルの元に戻って参りますわ。お土産、楽しみにしていてくださいね」

窓の外にウィリアムの姿が見えなくなるまで、リリアーナは手を振《ふ》り続けた。


星が瞬き始める頃《ころ》、リリアーナ達一行はヴィリアーズ領の本邸へと、無事到着した。

ちなみに今回の帰省にあたっての護衛は、ケヴィン他四名。

リリアーナ付きの護衛となってからのケヴィンは、大人しくなったと専《もっぱ》らの噂《うわさ》である。

何が大人しくなったかと言えば、主に女性関係が、だ。

リリアーナにこき使われてデートの時間が減ったと言われているようであるが、本当のところはどうか分からない。

ウィリアムに毎日リリアーナの様子を書いた報告書を送るよう言われており、どちらかと言えばリリアーナとウィリアムの両方にこき使われているというのが正解のような気がするが。何ともお気の毒である。

両親、兄弟皆がリリアーナの到着を今か今かと首を長くして待っており、夕食の時間を遅《おく》らせて待ってくれていたらしい。

「こうして皆が顔を合わせるのは、久しぶりね」

夕食の席で母親であるジアンナが嬉しそうにそう言えば、父オリバーがそれに同意するように頷《うなず》く。

王都にもタウンハウスはあるのだが、本邸は領内にあるこの屋敷《やしき》である。

父親であり現当主のオリバーと妻のジアンナは社交シーズンも終わり、今後はこのまま本邸住まいを続ける予定だ。長男のイアンは本邸とタウンハウスを行き来し、次男のエイデンは学園に通うために基本タウンハウス住まいである。

リリアーナが今回帰省するとのことで、イアンとエイデンもそれに合わせてヴィリアーズ領の本邸に戻ってきていた。

久しぶりに会うとなれば、積もる話もあるわけで。

応接室へと場所を移し、家族の団らんは続く。

皆リリアーナの話を聞きたがっていたのだが、マリアンヌ王女が原因でウィリアムと喧嘩したことなどは、余程《よほど》うまく話さないとイアンとエイデンが激怒《げきど》しそうだとリリアーナは思った。そのため、無難に学友エリザベスとクロエの話をすることにした。

それでもマリアンヌ王女が先日帰国した話はここヴィリアーズ領にも届いており、とりあえずお友達になりましたと答えておいた。

その流れで、子ども達に読み書き・計算を教える教室を開くこと、学び終えた子ども達の中から希望者を募《つの》り、ヴィリアーズ領内にて薬草の栽培に従事してもらうことなどを説明していく。

「勝手に話を進めましたことは、大変申し訳なく思っております。ですが、どうしてもあのまま見て見ぬ振りをすることは出来ませんでしたの。全ての子ども達を救うなどとは申しません。これはただの自己満足に過ぎないことは、重々承知しております。それでもせめて、私の目の届く範囲《はんい》の子ども達だけでも、手を差し伸べたいと思ったのです。現当主であるお父様や、次期当主であるイアン兄様にも色々と負担を負わせることになってしまいますが、どうかお願いします。どうかお力添《ちからぞ》えを……」

深々と頭を下げながら懇願するリリアーナの言葉に被《かぶ》せるように、オリバーが口を開いた。

「顔を上げなさい」

リリアーナは緊張《きんちょう》した面持《おもも》ちで、ゆっくりと顔を上げる。

「リリは勝手に話を進めたことを、後悔《こうかい》しているのかい？」

「いいえ。あの時、あの瞬間《しゅんかん》だから出来たことだと思いますし、何よりチャンスの神様が見えた気がしましたの！」

「何？　チャンスの神様？」

頭の上に大量のハテナマークを浮かべるオリバー。

「ええ、チャンスの神様ですわ。チャンスの神様には前髪《まえがみ》しかなくて、後ろはツルッツルなんですのよ？　ですから『来た！』と思った瞬間に、その前髪をむしり取る勢いで摑《つか》まなくてはいけませんの」

リリアーナの説明に、オリバーとジアンナはポカンとしており、イアンとエイデンはお腹を抱《かか》えて爆笑《ばくしょう》している。

「リ、リリ？　ただでさえ少ない頭髪《とうはつ》をむしり取ったら、激怒してチャンスなんてもらえないのでは？」

「ですからむしり取るのではなく、むしり取る勢いで、ですわ！」

笑いすぎて涙目《なみだめ》で言うイアンに、リリアーナは拗《す》ねたように唇《くちびる》を尖《とが》らせた。

そんな姿に、リリアーナを挟むようにして座っていたイアンとエイデンは、両方向からリリアーナをギュウギュウと抱き締《だし》める。

「ああもう、リリが可愛すぎるっ！」

「姉様、可愛いっ！」

相変わらずの溺愛っぷりである。

そんな仲の良い兄妹《きょうだい》達を温かい目で見守る父オリバーと母ジアンナ。

そしてひとしきり眺《なが》めた後に、オリバーはコホンと咳払《せきばら》いをして、真面目な顔で話しだした。

「リリ、今回私やイアンの承諾《しょうだく》なく勝手に決断したことは、決して褒《ほ》められたことではない。なぜだか分かるかい？」

リリアーナは神妙《しんみょう》な顔をして、じっとオリバーの話を聞いている。

「私達貴族が何不自由なく生活出来ているのは、領民がいるからだ。私達は領民が安心して暮らしていける環境を作り、そして彼らがきちんと税金を納めることで、生活が成り立っている。私達は領民達の代表であり、決断には大なり小なり責任を伴《ともな》うものだ。もし私達が間違《まちが》った決断を下してしまった場合、一番に被害《ひがい》を被《こうむ》るのは領民達だ。だからこそ、どんなに小さなことでも慎重《しんちょう》に決断しなければならない。今回に限っては将来の優秀《ゆうしゅう》な働き手の育成と、薬草についての隣国《りんごく》の王家との直接取引ということで、我がヴィリアーズ領にとってもプラスになるだろうということで許すが、次はないからね。何かあれば事前に必ず相談するように。いいね？」

「はい、お父様。次は必ず相談致《いた》しますわ。ありがとうございます」

リリアーナはホッと胸を撫《な》で下《お》ろす。

そんなリリアーナにイアンとエイデンは、

「リリ、よかったな」

「姉様、よかったね」

そう言って優しく頭を撫でる。

「イアン兄様、エイデン、ありがとうございます。……あっ！」

優しい兄弟にお礼を言いながら、大切なことを思い出した。

「そうですわ、皆にお土産がありますの。すっかり忘れておりましたわ」

モリーに目で合図をして、応接室まで持ってきてもらう。

予定ではもう少し早くに渡すはずだったのだが、すっかり忘れていたのだ。

『絶対に忘れていると思いました』と言わんばかりのモリーの視線を避《さ》け、まずはオリバーとジアンナにお揃《そろ》いのグラスを手渡す。

濃《こ》いグリーンから淡《あわ》いグリーンのグラデーションが綺麗《きれい》なグラスだ。

「まあ、オリバーの瞳の色ね。素敵《すてき》だわ」

見た目はリリアーナとそっくりであるが、中身はおっとりなジアンナが喜びの声を上げた。

オリバーだけでなく、イアンもリリアーナもエイデンも、皆同じエメラルドのような濃いグリーンの瞳をしているのだが。

そうは思っても、誰《だれ》もそれを口にすることはない。

いつまで経《た》っても仲の良いおしどり夫婦《ふうふ》な二人は、ヴィリアーズ兄弟にとって自慢の父であり、母である。

「ジアンナとお揃いだな。ありがとう。早速《さっそく》明日から使わせてもらおう」

父も喜んでくれているようだ。

そしてイアンには蓋《ふた》の部分に繊細《せんさい》な模様の描《えが》かれている金の懐中時計《かいちゅうどけい》を、エイデンには同様の銀の懐中時計を手渡した。

「どなたか素敵な方が出来るまではそちらを使ってくださいませ」

「何を言っているんだ！　リリからのプレゼントだぞ？　これは一生大切に使うさ」

イアンの言葉にエイデンも頷いている。

「いえ、あの、一生使うほどの高価なものではないのですが……」

リリアーナの眉《まゆ》が困ったようにハの字に下がっている。

繊細な模様は綺麗ではあるが、所詮《しょせん》はお土産である。

婚約者《こんやくしゃ》になるだろう方からプレゼントされるまでの、繋《つな》ぎ的な気持ちで購入したものなのだ。

一生使うというのならば、もっと良いものを選んだというのに。

嬉しい気持ち半分、困惑《こんわく》半分といったところである。

「リリ、お礼は何がいいかな？」

ご機嫌《きげん》にイアンがそう言えば、他の皆もそうだそうだと同意する。

「リリ？　欲《ほ》しいものがあれば遠慮《えんりょ》せずに言ってみなさい」

最後はオリバーがご機嫌で言ってくる。

皆がこれだけ甘やかそうとするのは、リリアーナが所謂《いわゆる》普通の令嬢のように、高価なお強請《ねだ》りをしたことがなかったからと言える。

ドレスや宝石にあまり興味がなく、高価なものよりも商業エリアで手に入るような安価な雑貨を好み、お強請りと言っても美味《おい》しい食べ物やデザート、新しい恋愛小説くらいのものであったからだ。

とはいえ、ドレスの素材や宝石などはきちんとしたものを目にする機会も多く、ドレスと宝石の組み合わせ方やら何やらと、王太子妃《ひ》教育で散々詰め込まれているため、決して見る目がないわけではない。

「今は特に欲しいものはありませんわ。それに、先程《さきほど》孤児《こじ》達の移住許可を頂きましたことが、一番のご褒美《ほうび》ですもの」

こうしてこの家族のリリアーナを甘やかしたい願望がどんどん先送りされ、雪だるま式に増えていくのである。

第8章　ずっと一緒に

「リリアーナが足りない」

「はいはい、分かったからサッサと手を動かせ」

「動かしているだろう？」

明らかにイライラが隠《かく》せていないウィリアム。

それもそのはず。リリアーナが今朝から帰省中なのである。

とはいえ、一週間で帰ってくる予定であるが。

最初、リリアーナの帰省に大反対していたウィリアムであったが、それまでに散々やらかした自覚があったためか、リリアーナの上目遣《うわめづか》いの懇願《こんがん》に渋々《しぶしぶ》認めるしかなかったのだ。

マリアンヌ王女とのことでフォローが足りず不安にさせてしまったり、空気が読めずにリリアーナに恥《は》ずかしい思いをさせてしまったり、反省しきりである。

とはいえ、リリアーナがおらず、寂《さび》しいものは寂しいのだ。

「……リリーはもうヴィリアーズ領へ着いただろうか？」

「いやいやいや、タウンハウスじゃなくてヴィリアーズ領に行くんだぞ？　そんな早く着くわけないだろ！」

呆《あき》れた目でウィリアムを見るダニエルは『またか』と思う。

二人が両思いになる前にも、こんなことがあったな、と。

あの時と同様に辛《かろ》うじて手は動いているのだが、腑《ふぬ》抜けた状態に書類の山が一向に減らないのだ。

ダニエルや新しく採用された部下達もフル稼《か》働《どう》で働いてはいるのだが、溜《た》まりに溜まった書類の山は終わりが見えないほどそびえたっている。

『氷の王子様』だった頃《ころ》のウィリアムに、この腑抜けた様子を見せてやったら何と言うだろう？　……などと想像して、思わず上がりそうになった口角を引《ひ》き締《し》める。

「そういえば、あのマリアンヌ王女。お前を狙《ねら》ってたこと、気付いていたか？」

「は？」

眉《まゆ》を顰《しか》めた表情が『何を言っているんだ？　こいつは』と思っていることを如実《にょじつ》に物語っている。

あれだけあからさまにアピールしていたのに、これっぽっちも気付いてもらえていなかったマリアンヌ王女に、ダニエルは少しだけ同情した。

そして本当に『リリアーナ嬢《じょう》しか見えていないんだな』と、それだけ想《おも》える相手がいることを羨《うらや》ましく思う。

まぁ、あれこれ巻き込まれる方は大変だが、何にしても。

「リリアーナ嬢のお陰《かげ》でお前のマリアンヌ王女に対する失礼な態度もチャラになったし、今後ベルーノ王国と友好的な付き合いが出来そうだし。リリアーナ嬢に足向けて寝《ね》られねえな」

「私がリリーに足など向けるわけがない！」

「あ～、はいはい。たとえだから」

ダニエルは面倒《めんどう》くさそうにウィリアムから視線をそらし、山になった書類に目を留めた。

先程《さきほど》よりも若干《じゃっかん》、増えている。これ以上増やすのはまずいだろう。

ダニエルは仕方なく小さく溜息《ためいき》を一つつくと、ウィリアムを馬車馬の如《ごと》く働かせることの出来る魔法の言葉を呟《つぶや》いた。

「あ～、この書類の山を捌《さば》けたら、ヴィリアーズ領へ視察に行けるんだがな～」

ダニエルはチロッと視線をウィリアムの方へ向け「うぉっ！」と驚《おどろ》きの声を上げる。

なぜなら物すごい勢いで、ウィリアムが書類を捌き始めたからだ。

その顔は鬼気迫《ききせま》っており、とても声を掛《か》けられる雰囲気《ふんいき》ではない。

（効果ありすぎだろ……）

何となく、目の前にリリアーナというニンジンをぶら下げられたウィリアムという名の馬を想像してしまったダニエルだった。

「リリー！」

ウィリアムは一直線にリリアーナの元まで走りだし、ギュウッと抱《だ》き締める。

書類と格闘《かくとう》すること四日、そして五日目の今日。

荷物を最小限にまとめ早朝に王宮を出立したのだが、馬車ではなく馬に乗ってヴィリアーズ領まで駆《か》けてきたのだ。

極力休憩《きゅうけい》時間を抑《おさ》えたために、何とか夕日が沈《しず》む前に到着《とうちゃく》することが出来た。

黙《だま》って待っていても明後日《あさって》には王宮で会えるものを、明日帰路につく予定のリリアーナをわざわざ現地まで迎《むか》えに行くほどの溺愛《できあい》ぶりに、ダニエルを含《ふく》めた護衛騎士《きし》達は苦笑いを浮《う》かべていた。

「はぁ、リリーが足りなかった。リリーが足りなくて死ぬかと思った」

抱き締めながら、腕《うで》の中のリリアーナを堪能《たんのう》するように、彼女の頭頂部に頬《ほお》をスリスリと擦《す》りつけて呟く。

「ふふふ、大袈裟《おおげさ》ですわ。ですがウィルに死なれてしまっては困りますから、ずっと元気で側にいてくださいませね」

「リリー……」

ウィリアムが感激に打ち震《ふる》えているところを、ダニエルが容赦《ようしゃ》なくベリッと引き剥《は》がす。

「玄関先《げんかん》でいつまで引っ付いてるんだ？　サッサと中に入るぞ」

「……ダニー、後で覚えておけ」

「もう忘れました」

しれっと言いながら他の騎士達を伴《ともな》い、執事《しつじ》の後について荷物を手に屋敷《やしき》の中に入っていく。

リリアーナは右手をウィリアムの頬に添《そ》えると、

「ウィル、目の下にクマが出来てますわ。あまり無理しないでくださいませね？」

心配そうな顔でジッと見ている。

「リリー……」

感動して、再度リリアーナを抱き締めようと手を伸《の》ばすウィリアムよりも先に、

「はいはい、嬢ちゃん。早く中に入るぜぇ」

ケヴィンがリリアーナの背を押して屋敷の中へと入っていく。

哀《あわ》れ、ウィリアムの伸ばした腕は、虚《むな》しく空を切るのだった。

ウィリアムは夕食前に湯浴みをし、着替《きが》えてから食堂へと向かった。

既《すで》にヴィリアーズ家の皆《みな》が揃《そろ》っており、テーブルには王宮の豪華《ごうか》さほどではないが、色とりどりの野菜を使った色彩《しきさい》豊かな料理が並べられていく。

ウィリアムは口にしたそれらの優《やさ》しい味に舌鼓《したつづみ》を打つ。

「これは美味《うま》いな……」

思わず出てしまった言葉に、オリバーはとても喜んだ。

「これらの野菜は全て、ここヴィリアーズ領で採れたものでして。味付けは素材の味を活《い》かすために、最小限にしているのですよ」

「ほう……」

食後のデザートに出されたカットフルーツも、とても甘くて瑞々《みずみず》しかった。

このような美味《おい》しいものに囲まれて育ったであろうリリアーナが、食べることが大好きになるのも頷《うなず》けるというものであろう。

他にもヴィリアーズ領内のあれこれを、オリバーが興味深く語ってくれた。

家族仲の良いヴィリアーズ家での楽しい夕食の時間が終わると、皆で応接室へと移動する。

兄妹達《きょうだい》とウィリアムはチェスをしたり話に花を咲《さ》かせたり、リリアーナも昔に戻《もど》ったように楽しんでいたのだが。

「んんっ」

「ごほんっ」

夕食の席でもそうだったのだが、ここの兄弟はウィリアムが少しでもリリアーナにスキンシップをとろうとすると、咳払《せきばら》いが始まるのだ。

今もそれは継続《けいぞく》中である。

久しぶりの（と言っても数日ぶりだが）リリアーナを堪能したいウィリアムには、まさにアウェーと言える。

言葉にこそしないが、イアンとエイデンの視線は鋭《するど》く、リリアーナを膝《ひざ》に乗せるなど、とてもではないが出来る環境《かんきょう》ではない。

まさにお預けをくらった犬状態。

そんな様子をダニエルとケヴィンは必死で笑いを堪《こら》えて見ている。

ウィリアムは悔《くや》しそうに眉間《みけん》に皺《しわ》を寄せた。

それでも、明日になれば王宮へ戻るために、ここを一緒《いっしょ》に出るのだ。

それまでの我慢《がまん》である。

ここを出さえすれば、馬車に乗りさえすれば、存分にリリアーナを堪能することが出来るのだ！

必死で己《おのれ》に言い聞かせ耐《た》えるウィリアムだったが、彼は知らない。

リリアーナは国王夫妻、オースティン殿下《でんか》とその婚約者《こんやくしゃ》、ホセ殿下、他にも使用人や騎士達へのお土産《みやげ》を大量に買い込んでおり、行きよりも増えすぎた荷物は馬車一台には載《の》せきれず。

乗車用の馬車にも載せなければならないほどであり、そこにはウィリアムが座るスペースなどないということを。

「なぁ、ダニー」

「何だ？」

「予定では、私は馬車の中でリリーを膝の上に乗せて、会えなかった日数分、リリーを存分に堪能するはずだったのだが」

「ああ、そりゃ残念だったな。まさかあそこまで荷物が増えているとは、誰《だれ》も思わんだろ？」

「急いで馬を走らせるのではなく、馬車で迎えに来るのが正解だったのか？」

諦《あきら》めきれないウィリアムは切ない視線をリリアーナとモリーの乗る馬車へと向ける。

ダニエルはそんなウィリアムの姿に、遠い目になり溜息を一つついた。

ウィリアムとリリアーナの二人が仲良く笑顔《えがお》でいてくれるのは、とても喜ばしいことだ。

かつて『氷の王子様』と呼ばれていたウィリアムがリリアーナを溺愛するようになり、見たことのない一面を頻繁《ひんぱん》に見せるようになったのには参ったが、以前の彼よりも人間臭くていいとは思っている。

まぁ今みたいに、ちょっとだけウザいと感じることもあるが。

馬はずっと走らせ続けることは出来ないため、所々で休憩時間を入れる必要がある。

「そろそろ休憩入れるぞ」

ダニエルが他の騎士達に指示を出す。

邪魔《じゃま》にならないように、街道《かいどう》から少し外れたところに馬車を停《と》めて馬を休ませる。

近くに小さいが綺麗《きれい》な湖があるらしく、ウィリアムは休憩時間を利用してリリアーナとそちらへ向かった。

ダニエルとケヴィンの二名が少し離《はな》れて、護衛のために後を着いていく。

先程までの暗い顔のウィリアムはどこにもおらず、口角がこれでもかというほどに上がっている。

「なぁ、ヘタレ王子、超《ちょう》がつくほどにご機嫌《きげん》だな」

小声でケヴィンが話しかけてきた。

「さっきまではこの世の終わりみたいな顔してたけどな」

先程までのウィリアムの表情を思い出して、可笑《おか》しさに少し口元が緩《ゆる》む。

「うぇ、マジか。あの『氷の王子様』がねぇ。そう考えると、あの嬢ちゃん、すげぇよな」

「あ？　何がだ？」

「あの氷の王子をあそこまでデロンデロンに溶《と》かしちまうんだからさ」

「そうだな。付き合いの長い俺も、まさかあそこまで溶かされるとは思ってもなかったけどな」

湖へは少し話をしている間に着いてしまった。

思ったより小さくはあったが、透明度《とうめいど》が高く木々に囲まれた空間はまるで絵画のようで、とても美しかった。

ウィリアム達の邪魔をしない程度に離れた位置で、二人は目立たないように見守る。

「これは随分《ずいぶん》とまた美しい場所だな」

「でしょう？　ここはイアン兄様に教えて頂いた秘密の場所ですの。人があまり寄らない場所にあるからこそ、これだけ美しく保てているのですわ。ですからウィルも秘密にしてくださいませね？」

二人は楽しそうにそんな会話をしており、その手はしっかりと繋《つな》がれている。

ウィリアムは木陰《こかげ》に腰《こし》を下ろし、その膝上にリリアーナを座らせた。

本当に久しぶりのリリアーナを堪能出来て、ウィリアムの顔はニヤケきっている。

「ようやくリリーが私の元に戻ってきた気がする」

「急にどうなさいましたの？」

「王女が来て、リリーにはたくさん寂しい想いも嫌《いや》な思いもさせてしまって、本当に申し訳なかった。だがリリーが私を想って嫉妬《しっと》したり、泣《な》き叫《さけ》んだり、怒《おこ》ったり、そんな初めての表情《かお》を見ることが出来て、私はとても嬉《うれ》しかったんだ」

「そ、それはもう忘れてくださいっ！」

顔を羞恥《しゅうち》で真っ赤に染めるリリアーナの額に優しく口付ける。

「すまないが、それは出来かねるな。どんなリリーの姿も、脳裏《のうり》に焼き付けて忘れはしない」

甘い甘い笑顔を向けてそんな台詞《せりふ》を言われ、リリアーナはどうしてよいか分からずに激しく視線を泳がせる。

こういう時にこそ恋愛小説《恋のバイブル》を活用すればよいのだが、悲しいことにそこに結びつくことはない。

だが、そんなリリアーナを可愛《かわい》いと思うウィリアムなのだから、リリアーナはきっとこのままでよいのだろう。

「リリーが側にいてくれたなら、私は何でも出来る気がする」

「何でもって……流石《さすが》にそれは大袈裟すぎですわ！　ですが、あの、ウィルの隣《となり》にいても釣《つ》り合わないと二度と言われないように、その……ずっと一緒にいられるように頑張《がんば》りますね」

「あぁ、もうリリーが可愛すぎるっ！」

　真っ赤な顔で照れて俯《うつむ》きながらも一緒にいたいと言ってくれたリリアーナに、ウィリアムはたまらずギュウゥッと抱き締めた。

「釣り合わないなど、この私が言わせるものか！　それにあの学《まな》び舎《や》の発想はとても良いものだと思う。リリーのお陰でベルーノ王国とも友好関係を築けたし、王女に対する私の失礼な態度も帳消しになった。リリーには本当に感謝している。……改めて言葉にしてみると何とも情けない私だが、リリーの隣に相応《ふさわ》しいよう、私も立派な王になるべく力を尽くしていくと誓うよ」

「……情けなくても何でも、私は今のウィルが大好きですわ。ですが一つだけ。ウィルの隣は私の、私だけの場所ですから。もし私以外の女性がいたら、嫌《きら》いになってしまうかもしれませんわよ？」

「私の隣にいていいのは、リリーだけだ！」

　必死の形相のウィリアムに、リリアーナは嬉しそうに微笑《ほほえ》んだ。

「ふふふ、信じておりますわ」

「ああ、ずっと一緒だ」

ウィリアムはリリアーナの頬に手を添えて、ゆっくりと顔を寄せていく。

リリアーナはウィリアムの口付けを受け入れるべく、そっと目を瞑《つぶ》った。

「なぁ、見てみろよ、あの二人、俺達がいること完全に忘れてるよな」

「ああ、羨ましいぞ。チクショウ……」

「……」

本音がダダ漏《も》れのダニエル。

そんなダニエルに気の毒な者を見るような目を向けた後、ケヴィンは情け容赦なくリリアーナまであと数センチのウィリアムに向けて、

「そろそろ休憩終了《しゅうりょう》だぜ」

と声を掛けた。

リリアーナはダニエルとケヴィンがいることを思い出し、閉じていた瞳《ひとみ》をカッと見開き、慌《あわ》てて目の前にあるウィリアムの顔を力いっぱい両手で押しのけようとしたのだが。

無防備だったウィリアムの顔面にそれはヒットし、バチンといい音を立てた。

「「「あ……」」」

リリアーナとダニエルとケヴィンの声が重なる。

そして美しい景色の中、怒《いか》りと悲しみで震えるウィリアムの悲痛な声が響《ひび》くのだった。

「ダニー、ケヴィン、後で覚えておけ!!」

FIN

番外編　リリアーナが不機嫌な理由

ヴィリアーズ領に出掛《でか》ける前のこと。

リリアーナは街の子ども達へ仕事について説明をした。帰りに両親と兄弟へのお土産《みやげ》も買い、準備万端《ばんたん》である。

それから王宮に戻《もど》ってくると、ウィリアムが声を掛《か》けてきた。

「リリー、ちょっと時間はあるか？」

「今から、ですか？」

「ああ。これから騎士団《きしだん》の訓練なんだが、見学に来ないか？」

「ええ、構いませんが……」

構わないと言いつつ、リリアーナの機嫌《きげん》はすこぶるよろしくない。

近衛《このえ》騎士団専用の訓練場へ向かう間、ウィリアムはリリアーナを気にしつつチラチラと視線を送るけれど。

「…………」

結局二人の会話はないまま、訓練場へと着いてしまった。

なぜここまでリリアーナの機嫌が悪いのか。

それは昨日のウィリアムによる、茶番のような愛の告白の少し後のこと――。

マリアンヌ王女が突然《とつぜん》「ベルーノ王国に帰る」と言い出し、見送った後。

空気を読んで外へ出ていた騎士と子ども達と一緒《いっしょ》に、リリアーナは教室内に戻った。

「アンタも大変なんだな」

子ども達の代表である少年ルークが同情的な目でリリアーナを見て言った。

「いきなり何ですの？」

「いや、何て言うか、さっきのアレ、さ。多分だけど、アンタの彼？　いつもあんな感じなんだろ？」

「……」

マリアンヌ王女との会話ですっかり忘れていたが、騎士と子ども達は突然始まったウィリアムの恥《は》ずかしい愛の告白を、一部とはいえ目撃《もくげき》していたのだ。

それを思い出したリリアーナは、羞恥《しゅうち》により一瞬《いっしゅん》にして頬《ほお》を朱《あか》く染めた。

何と言ってよいか分からず口をパクパクと動かしていれば、すぐ側にいた七～八歳くらいの兄妹《きょうだい》らしき子どもが楽しそうにはしゃぎだす。

「俺知ってる～。そういうの、ラブラブって言うんだぜ」

「お兄ちゃんとお姉ちゃんはラブラブ～」

そして兄妹よりも小さな子ども達が、不思議そうな顔をして兄妹に質問を始める。

「ラブラブって、なぁに？」

「そんなことも知らねえのかよ。いいか？　ラブラブってのは、『こいびとどうし』がイチャイチャすることなんだぜ！」

「イチャイチャって、なぁに？」

「イチャイチャってのは……そう、あれだ。『こいびとどうし』が手を繋《つな》いだり、チューしたりすることさ！」

「え～、でもあのお兄ちゃんとお姉ちゃん、さっきチューしてなかったよ？」

「手は繋いでただろ？」

「あ～、そっか。じゃあラブラブだね～」

小さな子ども達の会話に、少年ルークは申し訳ないような視線をリリアーナに向ける。

「悪い。こいつらには悪気はないんだ……」

「……分かっておりますわ」

これ以上ないほどの羞恥に体をプルプルと震《ふる》わせ、リリアーナは俯《うつむ》きながら力なく答えた。

（それもこれも、ウィルが皆《みな》の前であんな恥ずかしい告白をしたせいですわ！）

ウィリアムはケロッとして、ダニエルとケヴィンの三人で今後の予定について相談をしている。

リリアーナへ一方的に気持ちを伝えられたことですっきりしたらしい。

そのおかげでこちらは辱《はずかし》めを受けているというのに！　と、リリアーナはウィリアムの背中を恨《うら》みがましく見つめる。

そして、リリアーナはウィリアムの奥歯《おくば》に挟《はさ》まったものがなかなか取れないお祈《いの》りをするのだった。

「はぁ……」

昨日の空気を読まずにマリアンヌ王女や騎士や子ども達の前でウィリアムがやらかした羞恥プレイは、一度はマリアンヌ王女との会話でリリアーナに忘れられていたものの。

子ども達の会話によって掘《ほ》り起《お》こされてしまった。

王宮へ戻り散々リリアーナから説教をされ、かつて罰《ばつ》としてやらされた細かい三つ編み頭にもされたのだが、いまだ機嫌は直らないらしい。

ウィリアムは何とかしてリリアーナの機嫌を取ろうとするも、どうにもうまくいかない。

訓練場の隅《すみ》の席に腰《こし》を下ろし見学しているリリアーナに、切ない視線を送りながらしょんぼりと肩《かた》を落とす。

そんなウィリアムへダニエルが話しかけた。

「まあまあ、今回はお前が悪いんだから、リリアーナ嬢《じょう》が怒《おこ》るのも仕方ないだろ？」

「そんなことは分かっている。ただあの時は、必死になりすぎて暴走してしまっただけで……」

『氷の王子様』の欠片《かけら》など一切《いっさい》ないような表情を見せるウィリアムに、ダニエルは仕方ないなと言わんばかりに息を吐く。

「自覚があるなら大丈夫《だいじょうぶ》だな。これからは気を付けろよ？　リリアーナ嬢が怒るとすぐに皆にバレるんだからな」

そう言ってダニエルは自身の頭をちょんちょんと指す。

おどけたように言うダニエルに、ウィリアムは少しだけ和《なご》む。

するとそこへニヤニヤという言葉がピッタリな笑《え》みを浮《う》かべながら、エロテロリストことケヴィンが会話に入ってきた。

「あの細かい三つ編みは目立つからな」

その表情にウィリアムはムッとして、「あれは、反省の証《あかし》だから別にいいんだ」と返す。

せっかく慰《なぐさ》めていたのにと、げんなりしたダニエルはふと思い出した。

「そういえば、リリアーナ嬢がこっそり出掛けた時に同行していたのって、ケヴィンだったよな？」

その言葉にウィリアムは鋭《するど》い視線をケヴィンへ向けた。

ウィリアムの殺気を感じたケヴィンは慌《あわ》てて手を振《ふ》る。

「な、何だよ！　いきなり」

「リリーのお忍《しの》び、お前も一緒だったそうだな？」

お忍びとは、リリアーナがこっそり王都へ大道芸人を見に行った日のことである。

ウィリアムはマリアンヌ王女と王宮へ帰ってきたところで、ばったりリリアーナたちに遭遇《そうぐう》したのだ。

あの時リリアーナの側にはケヴィンだけでなく、モリーと双子《ふたご》のパパさん騎士もいたのだが、ウィリアムの視界にはリリアーナしか映っていなかったようである。

「いや、まあ、頼《たの》まれたからな」

ケヴィンは嫌《いや》な予感に、背中に冷たい汗《あせ》が流れる気がした。

「ほう？　誰《だれ》に何と頼まれたんだ？」

「え？　いや、嬢ちゃんがアンタにバレないようにコッソリ出掛けたいって、たまたま非番だった俺に話が回ってきただけで……」

目の据《す》わっているウィリアムにケヴィンが引《ひ》き攣《つ》ったように話していると、面白《おもしろ》がって

その様子を見ていた騎士が、

「ケヴィンは最近、リリアーナ様と一緒によくお茶してるよな」

ニヤニヤしながら爆弾《ばくだん》を投下した。

「なにっ⁉」

ウィリアムの目が更《さら》に鋭さを増す。

「俺も、四阿《あずまや》で仲良さそうにしているのを見たぜ」

「私はこの前、ケヴィンがリリアーナ様の頭を撫《な》でているところを見ましたよ」

更に他の騎士まで集まり、火に油をジャンジャン注ぎまくる。

「お前らっ！　何言って……」

ケヴィンは焦《あせ》って騎士達を止めようとするが、皆完全に面白がっているため収集がつかなくなっている。

ウィリアムは怒《いか》りでわなわなと震え出した。

「リリアーナのお忍び衣装《いしょう》をじっくり堪能《たんのう》し、楽しい大道芸を肩の触《ふ》れる距離《きょり》で見物し、貴重なリリアーナの走る姿まで見たと……。ただでさえ私は羨《うらや》ましくて恨めしくてお前の記憶《きおく》を消してやろうかと思うほどなのに……密会を重ねているだと？」

ウィリアムに詰《つ》め寄《よ》られて、ケヴィンはじりじりと後退《あとずさ》る。

「いやいやいや、密会なんかじゃねえよ！」

「ほう？　リリアーナが気に入っている四阿に、わざわざ足を運んでいるほどなのにか？　しかも頭を撫でていただと？　二人きりで、頭を……リリアーナの……」

ウィリアムの声がだんだん暗く、低くなっていく。

いつのまにかケヴィンは壁際《かべぎわ》まで追い詰められていた。

すると突然、ウィリアムがバッと顔を上げる。

その顔はまるで鬼《おに》のようだ。

「ケヴィン！　貴様は私が直々に指導（成敗）してやる！」

「げっ。それぜってぇ指導じゃねぇやつだろ！」

慌てて逃《に》げるケヴィンをウィリアムが追い回す。

訓練が行われていたはずのそこは、ウィリアムとケヴィンの追いかけっこと化し、周りの騎士達はケヴィンを応援《おうえん》する者とウィリアムを応援する者に別れて盛り上がった。

リリアーナはそんな騎士達の楽しそうな（？）様子を見ながら「一体何をされているのかしら？」と不思議そうに見ていた。

逃げるケヴィンと追い回すウィリアムの間で、何やら仲裁《ちゅうさい》をしているらしいダニエルの姿を見て「そういえば」と、ゴリゴリマッチョな筋肉好きの友人であるクロエのことを思い出す。

訓練場の外から見学している令嬢《れいじょう》達の方へ視線を向けるも、クロエの姿は見えない。

(今日は見学に来てはおりませんのね)

もしクロエが来ていたらダニエルを紹介《しょうかい》出来たのだが、残念である。

マリアンヌ王女が今朝帰国したので、ダニエルの仕事も少しずつ通常のものへと戻るはずだ。

ヴィリアーズ領から戻ったらダニエルにクロエを紹介しよう、とリリアーナは一人頷《うなず》いた。

そこへケヴィンをボコボコにしたことで少しばかりスッキリした様子のウィリアムが戻ってきた。

「リリー、その、最近ケヴィンとよくお茶をしていると聞いたのだが……」

「？　ええ。しておりますわね」

正確に言えばモリーとのプチお茶会にケヴィンが乱入してくるのだが、別に説明することでもないだろう。

だがウィリアムはリリアーナが肯定《こうてい》したことにショックを受け、肩を落とす。

そんなウィリアムの様子に、リリアーナは首を傾《かし》げた。

「ケヴィンは私の護衛ですし、子ども達との連絡《れんらく》役ですから」

何かおかしなことはあっただろうか？

「じゃ、じゃあ、ケヴィンに頭を撫でられたというのは……」

「ケヴィンに撫でられたこと……ありましたかしら？」

ウィリアムはもちろんのこと、リリアーナは兄弟からも散々撫でられ慣れているため、いちいち覚えていない。

思い出せずにいると、ウィリアムが頬を膨《ふく》らませて言う。

「リリーは、ケヴィンとの距離感が近すぎるのではないか？」

ただでさえ不機嫌だったリリアーナは、ムッとした表情を隠《かく》すことなく言い返そうとしたのだが。

そこへダニエルが小さく溜息《ためいき》をつきながら、呆《あき》れたように口を挟んだ。

「こいつはな、自分がリリアーナ嬢の側にいられない間に一緒にいたケヴィンに、ヤキモチを焼いているだけだ。気にする必要なんか全くないからな？」

「まあ、ヤキモチでしたの」

散々恋愛小説《恋のバイブル》を読みまくっているはずなのに、そういう方面のことに全くと言ってよいほどに気付けないリリアーナは、ダニエルの説明に驚《おどろ》いた顔をする。

と同時に、先ほどまで不機嫌であったことを丸っと忘れている。

ヤキモチを焼いてくれるのは嬉《うれ》しいからだ。

「な！　私は、別に、ケヴィンにヤキモチなど……」

「思いっきり焼いてんじゃねえか。まったく、あんましヤキモチばっかり焼いてっと、嫌《きら》われちまうぞ」

「うぐっ……」

嫌われる、という言葉にウィリアムは反論出来ずに口を噤《つぐ》む。

ダニエルのお陰《かげ》で、ウィリアムが自分のことで嫉妬《しっと》してくれていたことを知り、喜びにリリアーナの口角が自然と上がる。

(なんだかんだと、マッチョには色々と助けられておりますわね)

「あら、私はウィルを嫌ったりしませんわ。ヤキモチを焼いてくれたこと、嬉しいですもの」

うふふ、と可愛《かわい》らしく笑うリリアーナの隣《となり》にウィリアムは腰掛《こしか》けると、いつものように自らの膝《ひざ》の上にリリアーナを乗せた。

「リリーのことは信じている。だが、私以外の者がリリーの近くにいるのは面白くないと思ってしまう。……リリーは、こんな狭量《きょうりょう》な私を嫌いになるだろうか?」

弱々しく聞いてくるウィリアムの頭を撫でながら、

「いいえ。先ほども申し上げましたが、私がウィルを嫌うことはありませんわ」

リリアーナはニッコリと微笑《ほほえ》む。

完全に二人の世界に入り、存在を忘れ去られたダニエルは、

「あのなあ、お二人さん。忘れてるかもしれんが、ここ訓練場だから。ったく、独り身の前で見せつけてくれちゃって」

ブツブツと不満を口にしている。

リリアーナは慌てて騎士達がいた場所へ視線を向けたが、そこには既《すで》に騎士達の姿はない。

ボロボロになったケヴィンも退場済みだ。

「騎士達には休憩《きゅうけい》を伝えてあるんで」

少しむくれたようにダニエルが教えてくれた。

(気が利《き》きますわね。またマッチョに助けられてしまいましたわ)

こんなに人が好《い》いんだから……と思ったところで、リリアーナは再度クロエのことを思い出し、にんまりと笑う。

そしてウィリアムにコッソリと告げた。

『実はマッチョに紹介したい女性がおりますの』

ウィリアムは驚いた顔をしながらも、声をひそめて聞いてくる。

『なに？　それはどんな女性か聞いても？』

『ええ。私のお友達の子爵《ししゃく》令嬢ですの。ちなみにゴリゴリの筋肉好きですわ』

ゴリゴリの筋肉好きという言葉に、ウィリアムが耐《た》えられずに「ブフォッ」と噴《ふ》き出す。

ダニエルが訝《いぶか》しげにこちらを見ているが、お構いなしに二人はコソコソ話を続ける。

『そ、そんな令嬢がいるのか？』

『ええ。儚《はかな》い雰囲気《ふんいき》美人で、聞き上手な令嬢ですの。私がヴィリアーズ領から戻りましたら、さりげなく紹介する場を設けたいと思うのですが、よろしいかしら？』

『ああ、ダニーにはいつも世話になっているからな。良い令嬢がいるのなら、こちらからお願いしたいところだ』

『これで独り身だからと文句を言ってくることもなくなりますわね』

『フフ、そうだな。ダニーのやつ、一体どんな顔をするのか楽しみだ』

想像し、二人はくつくつと笑う。

『では、決まりですわね？』

『ああ、決まりだ』

リリアーナとウィリアムは、ダニエルへと視線を向けるとニヤリと笑った。

「な、なんだよ！」

何となく嫌な予感がし、たじろぐダニエル。

いつの間にか、リリアーナの機嫌もすっかり直っていたのだった。

あとがき

こんにちは、翡翠《ひすい》と申します。

このたびは『小動物系令嬢《れいじょう》は氷の王子に溺愛《できあい》される』二巻をお手に取って頂き、ありがとうございます。

まさかの二冊目を出して頂けるとのお話に、再び喜びの（怪《あや》しい）舞《まい》を踊《おど》っているところを家族に見られ、可哀想《かわいそう》な目で見られることにも若干耐性《じゃっかんたいせい》がついてきた今日この頃《ごろ》。

先日友人に「どうやって小説を書いてるの？」と聞かれ、「パソコンで」と言ったら頭をスパーンと叩《はた》かれました。

そういう意味じゃなかったですね、ごめんなさい。

あらかたストーリーが出来た状態で書いていくんでしょ？　とよく言われます。

けれど私の場合、頭の中にパッと場面が浮《う》かんできて「あ、これイケる！」と思って書き出すので、物語がどこへ向かっていくのかは分かりません（笑）。

たいてい浮かんでくるのは水仕事をしている時やお風呂《ふろ》に入っている時など、水に触《ふ》れている時が多いです。

たまに外出中などでも浮かぶことがありますが、後で書こうと思って内容を忘れてしまい、あの時パソコンがあれば……と思ったことが多々ありました。

一巻に続き二巻も書き上げることが出来たのは、担当者様や翡翠の周りの皆様《みなさま》のお陰《かげ》です。ありがとうございました。

また、今作も素敵《すてき》なイラストを描いてくださいました、亜尾《あお》あぐ様。

たくさんの素敵なイラストを、ありがとうございました。

テンションが上がりすぎて、またまた家族からの可哀想な者を見る目が止まりませんが……負けない。

実は亜尾あぐ様が描いてくださったケヴィンが好きすぎて、今作ケヴィンが多めに登場しております。

崩《くず》した騎士団《きしだん》の制服、素晴《すば》らしいです。ありがとうございます！

最後に、お読み頂きました皆様に感謝を込めて。

少しでもほっこり楽しんで頂けたなら、幸いです。

それではまたお目にかかれますように……。

翡翠

■ご意見、ご感想をお寄せください。
《ファンレターの宛先》
〒102-8177 東京都千代田区富士見 2-13-3
株式会社KADOKAWA ビーズログ文庫編集部
翡翠 先生・亜尾あぐ 先生

ビーズログ文庫

●お問い合わせ
https://www.kadokawa.co.jp/ (「お問い合わせ」へお進みください)
※内容によっては、お答えできない場合があります。
※サポートは日本国内のみとさせていただきます。
※Japanese text only

小《しょう》動《どう》物《ぶつ》系《けい》令《れい》嬢《じょう》は氷《こおり》の王《おう》子《じ》に溺《でき》愛《あい》される 2

翡《ひ》翠《すい》

2020年11月15日 初版発行
2023年10月10日 7版発行

発行者	山下直久
発行	株式会社 KADOKAWA 〒102-8177 東京都千代田区富士見 2-13-3 （ナビダイヤル） 0570-002-301
デザイン	Catany design
印刷所	株式会社KADOKAWA
製本所	株式会社KADOKAWA

ISBN978-4-04-736409-7 C0193

定価はカバーに表示してあります。
◆◇◇

ビーズログ文庫
お飾り王妃になったので、こっそり働きに出ることにしました
どうせお飾りの妻ですから……
昼は給仕係《ウエイトレス》、夜はもふもふうさぎを溺愛します
富樫聖夜《とがしせいや》 イラスト／まち
大好評発売中！
①～うさぎがいるので独り寝も寂しくありません！～
②～旦那がいるのに、婚約破棄されました!?～
国王ジークハルトの元に嫁いで半年、一度も手を出されず事実上“お飾り王妃”となってしまったロイスリーネ。実はそれには理由があることを知らないリーネは、王宮を抜け出し、食堂の給仕係《ウエイトレス》を始めてしまい!?